어쩔 수 없었어

어쩔 수 없었어

ⓒ 박규숙

1판 1쇄 발행 | 2023년 11월 29일

지은이 | 박규숙
펴낸이 | 정홍수
편집 | 김현숙 이명주
펴낸곳 | (주)도서출판 강
출판등록 | 2000년 8월 9일(제2000-185호)

주소 | 서울시 마포구 동교로17안길 21 (우 04002)
전화 | 02-325-9566
팩시밀리 | 02-325-8486
전자우편 | gangpub@hanmail.net

값 14,000원
ISBN 978-89-8218-329-4   03810

어쩔 수 없었어

———

박규숙 소설집

강

차 례

봄
바
다

바람조차 멈춘 늦은 봄, 마을은 적막했다. 두런거리는 말소리조차 들려오지 않았다. 모두 논밭에 나간 것일까. 하긴 마을이 시끄러울 때는 거의 없었다. 떠들썩하게 큰 목소리를 낼 만한 젊은 사람들이 없는 탓이다. 목소리마저 잦아들 나이 많은 사람이 대부분이다. 앞산에서 뻐꾹새 우는 소리가 들려왔다. 저 소리를 듣고 있는 사람이 나만은 아니겠지, 기운이 생겼다.

그는 모하도에 무사히 도착했을까. 바람 한 점 없는 날씨이고 보면 이미 섬으로 건너갔을 가능성이 컸다. 봄 바다는 겉으론 잠잠해 보여도 속에서 들끓고 있으니 언제든 안심할 수 없다. 바람의 방향이 갑자기 바뀌면 겨울 바다보다 무섭게 출렁여서 섬사람들은 봄날엔 함부로 배를 띄우지 않는다고 했다.

안마당을 서성이다 뒤꼍 밭으로 올라갔다. 너른 들판 너머로 바다가 있는 곳을 바라보았다. 누런 보리밭만 넓게 펼쳐져 있을 뿐 바다는 보이지 않았다. 보리밭 끝 작은 둔덕 위 해송들이 바다를 가렸다. 무리 지어 서 있는 소나무들이 없었다면 바다에 떠 있는 모하도가 희미하게나마 보였을까.

검은 봉지를 손에 들고 보리밭 사잇길을 걸어오는 정우가 보였다. 또 해초를 뜯어 가져오는 모양이었다. 정우는 나를 못 보았는지 집을 향해 열심히 발걸음을 옮겼다. 나는 뒷밭에서 내려와 대문을 열고 정우를 기다렸다.

"선생님, 왜 밖에 나와 계세요?"

"뒷밭에서 보니 정우가 이쪽으로 걸어오더라. 휴일인데 모하도에서 오늘 왜 나온 거니?"

"엄마 병원 가는 날이에요."

"그렇구나."

낮아지는 내 목소리에 아랑곳하지 않고 정우 대답은 밝고 또렷했다.

"아버지랑 나는 내일 돌아올 거예요. 엄마는 며칠 입원해야 하구요. 결석하지 않을 테니 걱정하지 마세요, 선생님."

"그래. 잘 다녀와…… 그럼 오늘 모하도엔 아무도 없겠구나?"

"예, 낚시꾼 한 사람 말고는요. 선생님이 우리 집 좀 지켜주

실래요? 주말이면 낚시꾼들이 가끔 들어와요. 해초를 뜯어가는 것까지는 말리지 않는데 섬에서 자라는 나무를 뽑아가거나 돌들을 자꾸 주워가요. 그러다 섬까지 훔쳐 갈까 걱정이라며 아버지가 노발대발해요. 돌을 줍다 아버지한테 걸리면……"

정우는 말을 멈추고 주먹을 불끈 쥐더니 눈앞에 들이대고 흔들었다.

"죽어요. 아버지가 어찌나 큰소리로 혼을 내는지 나중엔 사람들이 싹싹 빌기까지 한다니까요. 돌을 가져가지 말라고 플래카드라도 걸어야겠대요."

'돌을 집어 가면 죽어!'라고 써서 선착장에 걸어둘 생각을 하니 웃음이 나왔다.

"낚시꾼은 언제 들어온 거야?"

"아침에요. 자고 간다고 해서 엄마가 집에서 묵어도 된다고 하는 것 같던데요. 내일까지 모하도에 있을 건가 봐요."

정우는 검은 봉지를 건네고 돌아섰다.

"잘 다녀와, 힘내."

힘내, 라는 내 목소리가 어색하게 귓가에 들러붙었다. 검은 봉지를 열었다. 너푸가사리였다.

너푸가사리를 처마 밑 그늘에 널었다. 정우는 가끔 학교 오는 길에 해초를 뜯어서 내게 갖다주었다. 배를 타기 전 갯바위에서 잠깐 해초를 뜯는다고 했다. 톳, 모자반, 청각, 붉은가사리 등 가져오는 가짓수도 많았다. 정우가 해초를 가져오면 고모가 그늘에 쏟아 널었다. 그런 날 저녁이면 꼬들꼬들 마른 해초로 고모는 반찬을 만들었다. 너푸가사리는 쌀뜨물에 된장을 풀어 굴을 넣고 국을 끓였다. 처음 입에 닿을 때는 약간 겉도는 느낌이지만 오독오독 씹히는 기분 좋은 질감과 함께 해초 향이 입안에 가득 퍼졌다. 그 맛을 떠올리니 입안에 침이 고였다.

거뭇한 가사리는 강한 봄볕에 벌써 생기를 잃어가고 있었다. 오늘 모하도에 들어간 낚시꾼은 그가 틀림없을 것이다. 내가 그와 함께 모하도에 들어갔다면, 그는 낚시하고 나는 갯바위에 붙은 너푸가사리를 뜯거나 바닷가에서 모자반을 건져 올리고 있었을까.

그와 다니던 낚시도 이제, 그만둘 때가 된 것 같다.

한 달 전에는 조약돌이 바닷가를 덮고 있는 해변에서 그를 만났다. 파도가 밀려들 때마다 조약돌 구르는 소리가 기분 좋게 들렸다. 그날은 바람이 많이 불었다. 거센 바람 소리에도 조약돌 구르는 소리는 묻히지 않았다. 바람이 낚싯줄을 끌어가 낚시를 할 수도 없었다. 그와 나는 낚시를 포기하고 바람막이 바위틈에 오래도록 앉아 있었다. 그때 내가 정우 이야기를 했다.

정우는 내가 가르치는 반 아이다. 모하도에 사는 정우는 결석을 자주 한다. 아버지 낚싯배를 타고 학교에 다닌다. 모하도는 연지도에 딸린 작은 섬이다. 강풍이나 안개로 배를 띄우

지 못하면 학교에 오지 못한다. 천재지변이 이유이니 나무랄
수도 없다. 두서없이 조잘조잘 그에게 얘기했다.

내 반 아이가 되기 전부터 나는 정우를 알고 있었다. 배를
타고 학교에 다니는 아이는 정우가 유일했고 아이의 노랫소
리는 한 번 들으면 결코 잊을 수 없었다.

작년 봄소풍 때였다. 내가 연지초등학교로 옮겨 온 첫해였
다. 고만고만하게, 그다지 다를 게 없는 아이들 장기자랑이
이어지고 있었다. 까무잡잡한 3학년 아이가 쭈뼛거리며 걸어
나와 학생들 앞에 섰다. 학생들의 와, 하는 박수 소리가 예사
롭지 않게 들리긴 했다. 이발할 때가 지났는지 덥수룩한 머리
가 이마를 덮어 까만 눈동자가 더욱 도드라져 보였다.

학교에서 한 시간을 걸어 올라온 상산은 연지도에서 가장
높은 산이다. 상산 중턱쯤의, 잔디가 곱게 자란 평지는 학생
전체가 앉아도 많이 남았다. 잔디밭에 앉으면 섬의 전경이 한
눈에 들어왔다. 상산 뒤쪽, 연지도와 육지를 잇는 다리 그 반
대편으로는 끝이 보이지 않는 바다가 넓게 펼쳐져 있었다. 연
지도를 둘러싸고 있는 바다에는 점점이 떠 있는 작은 섬들이
많았다. 한숨이 절로 나오는 풍경이었다. 작은 배가 가끔 느
리게 움직일 뿐 바다는 잠잠했다. 바다는 멀고 아득하고 내가
근무하는 학교는 손바닥보다 조금 더 커 보였다.

아이의 노랫소리가 들려왔다. 첫음절이 나오는 순간, 그 소
리가 내 가슴을 때렸다. 통증 같은 것이었다. 어린아이다운

가는 목소리에 청아한 울림이 넓게 퍼졌다. 그런데 노래에 서러움과 애절함이 잔뜩 묻어 나왔다. 무표정에 가까운 굳은 얼굴을 한 채 서러움에 겨운 목소리로 노래를 불렀다. 저 어린아이가 뭘 알고 부르는 걸까. 자신의 목소리가 누군가를 한없는 슬픔으로 빠져들게 한다는 걸 알까. 끊어질 듯 길게 이어지는 노랫소리가 멀리까지 퍼져나갔다. 잔잔한 바다가 내려다보이는 산 중턱에서 봄소풍 나온 모두는 숨죽인 채 아이의 노래를 들었다.

모하도에 가고 싶다는 마음을 그때부터 가졌을 것이다. 올해 내 반 학생이 된 정우가 결석을 자주 한 탓에 다녀와야겠다는 결심이 강해졌다. 그러고도 차일피일 미루다 두 주 전에야 겨우 모하도에 다녀올 수 있었다.

그와 내가 앉아 있던 바위는 바람막이가 되어주긴 했지만 바람 소리까지 막아주진 못했다. 드센 바람 소리 때문에 목소리가 크게 나왔다. 어쩌면 몇 마디쯤은 바람 소리에 묻혔을 것이다. 내 얘기가 끝나자 그는 다음 달엔 모하도에서 만나자고 했다.

"내 반 아이가 사는 곳이야."

"문제 될 게 무어야."

그의 대답은 단호했다.

"모하도는 바람이 많아. 정우가 결석을 자주 한다고 했잖아. 섬에 발이 묶이면 월요일에 학교 출근도 못할걸. 고모가 그러는데 봄 바다는 짐작할 수가 없대. 언제 뒤집힐지 아무도 모른다는 거야. 보기엔 잔잔하지만 속으로 들끓고 있어서 한시도 마음을 놓을 수 없다고 했어. 그런 위험을 감수하면서까지 모하도에 갈 필요는 없잖아."

"아니, 나는 가고 싶어."

"이 바람 소리 들어봐. 넌 바닷가 봄바람을 잘 몰라."

잠시 말을 멈추고 바람 소리를 들었다. 민박집 주변을 감싸고 있는 나무들은 바람에 휘둘려 제멋대로 휘어졌다. 연둣빛 새순 위에 떨어져 내리는 봄볕은 맑고 강렬했다.

"윤아, 학교생활 잘해? 누가 담임이야, 우리가 아는 사람이야?"

'우리'란 말을 내뱉으며 거기에는 그와 나, A까지 포함되어 있다는 생각이 스쳤다. 그와 나는 다시 말을 멈추고 바람 소리를 들었다.

윤아가 학교에 들어갔다는 얘기를 그가 했다. 그렇구나, 벌써 그렇게 됐구나, 하고 대답했으나 가슴속에서 뭔가가 쿵 내려앉았다.

그는 졸업과 함께 도서 지역에 있는 학교들을 옮겨 다니며 근무했다. A와 결혼하면서 그는 모교가 있는 K시로 근무지를 옮겼다. 그가 A와 결혼한 다음 해 나는 그 도시를 떠나 도서 지역 학교를 자원했다.

예전에는 그가 K시에 있던 나를 만나러 오거나 내가 그가 근무하는 곳으로 내려가곤 했다. 오랜 시간을 그렇게 보냈는데 불현듯 그가 A와 결혼을 해버렸다. 결혼한 이후에도 그와 나는 두어 달에 한 번쯤 만났다. 내가 도서 지역 학교로 내려오고 난 후에는 그가 나를 만나러 왔다. 전에는 한 번도 만져본 적이 없던 낚시 도구들을 챙겨서 왔다. 매주 만나던 것이 두어 달로 줄어들었을 뿐 둘이 있을 땐 전과 다르지 않았다. 내가 근무하는 학교에서 멀지 않은 저수지나 강가에 텐트를 치고 하룻밤을 보내고 그는 집으로 돌아가곤 했다. 그렇게 시작된 낚시는 바다로까지 넓혀졌다.

그가 아침 일찍 혼자 모하도에 들어갔구나. 정우가 사라진 대문을 바라보면서 같은 생각을 수없이 반복했다. 연지도는 육지와 다리로 연결되어 있어 바람이 불어도 괜찮았다. 모하도는 연지도에서 배를 타야 하고 바람이라도 불면 발이 묶여 학교에 결근할 수도 있다. 결근을 떠나 내 부임지인 이곳까지 그가 오는 건 불안했다.

아까부터 뻐꾹새 소리가 끊어졌다 이어지고는 했다. 적막한 공간을 그 소리가 채워주었다. 시멘트로 포장된 마당에 한낮의 봄볕이 내리꽂혔다. 자잘한 은빛 반사광이 내 눈을 찔렀다. 툇마루에 엎드려 눈을 쏘아대는 빛을 마주 보았다. 뜨겁게 달궈진 마당 가운데를 향해 지렁이가 기어가는 모습이 보였다. 아직은 감나무 그늘을 지나가는 중이었다. 한 뼘만 더 가면 뜨거운 햇볕 아래였다. 왜 저리로 기어가는 것일까. 죽음을 향해 가는 것은 아닐 텐데. 지렁이는 그늘을 금방 벗어났다. 속도가 더 빨라지나 싶더니 갑자기 몸을 버둥거리다가 몸을 굴렸다. 움직임이 서서히 둔해지더니 이내 멈춰버렸다. 번들거리던 몸에 흙먼지가 잔뜩 묻었다. 지렁이를 깨우기라도 할 것처럼 나는 몸을 벌떡 일으켰다. 무릎에 놓여 있던 책이 요란한 소리를 내며 툇마루 아래로 떨어졌다.

대문이 삐꺽, 하고 열리더니 잔등 아주머니가 들어섰다. 왜 잔등이라는 이름이 붙여졌는지 모르겠지만 누구나 그녀를 잔등 아주머니라고 불렀다. 등은 꼿꼿하지만 머리는 하얗게 센 아주머니는 나이로 봐선 잔등 할머니라고 불러야 어울렸다. 아주머니는 집 안을 둘러보며 느린 걸음으로 마당을 가로질러 와 마루에 앉았다. 미처 줍지 못했는데 아주머니가 책을 주워 툇마루에 올려놓았다.

"왜 이렇게 조용해?"

"두 분 모두 담재 보리밭에 가셨어요. 오늘 타작하는 날인가 봐요."

"누구네 기계가 일한대?"

"임촌에 사는 정씨라는 것 같던데요."

나는 고모 집에 얹혀사는 처지지만, 연지도 사정을 다 알고 있는 듯 대답했다.

"이렇게 더운데 고모는 왜 따라가? 기계가 알아서 일 다 해 주는데. 암튼 가만 앉아 있질 못하니."

고모가 집에 없어 아쉬워진 아주머니는 섭섭한 마음을 내비쳤다. 아주머니는 마루에 앉아 마을이며 앞산 봉우리에 눈길을 주더니 일어서서 갔다. 삐걱, 하는 대문 닫히는 소리가 아주머니와 내가 나눈 인사말처럼 나른한 봄날 오후의 공기를 갈랐다.

잔등 아주머니는 고모부의 첫사랑이다. 사십대 초반에 남편을 잃고 혼자 된 아주머니를 고모부는 오랜 친구 대하듯 돌봐온 것 같다. 혼자 몸으로 농사를 지을 수 없었던 아주머니는 남의 집 농사일을 도와주고 자식 키우며 살았다. 남의 일손이 필요할 때 고모부는 반드시 잔등 아주머니를 불렀다. 고모와 아주머니는 여름 밭에 엎드려 김을 맸고, 긴 밭고랑에 앉아 감자를 캐곤 했다. 오래도록 함께 땀 흘린 기억이 많아선지 두 사람의 정은 남달랐다. 그래서인지 고모부보다 고모가 잔등 아주머니를 더 챙겼다.

고모부는 당신의 첫사랑이 아주머니인 것이 자랑스러운지 껄껄 웃으며 이미 알고 있는 얘기를 잊을 만하면 나에게 다시 들려주곤 했다. 나는 처음 듣는 얘기처럼 재미있게 들어줬다. 고모부는 아주머니가 결혼한 이후에도 오래도록 당신의 속마음을 누구에게도 말하지 못했다. 첫사랑이란 어감이 주는 떨림의 감정이 사라져 갈 즈음에야 처음으로 아주머니에게 장난스럽게 고백했다. 진작 얘기하지 그랬소, 알았으면 시집을 이 집안으로 오는 건데, 라며 아주머니도 아무렇지 않게 응수

했다.

마당 끝에 서서 자네 친정집에 핀 자귀꽃이랑 배롱꽃을 하염없이 바라보았지. 흰 저고리를 입은 내 님이 배롱꽃 아래로 지나가지나 않는지 저리도록 그쪽으로만 고개를 돌려놓곤 했었다니까. 내가 보이지 않았나?

아쉬움이 남아서는 아니겠지만 여전히 고모부의 귀여운 푸념을 들을 수 있었다. 함께 듣고 있던 고모도 자네가 여기로 시집왔으면 내가 이 집안으로 올 일이 없어 얼마나 편했을까, 라고 거들었다. 그럴 때 세 사람의 얼굴은 마냥 편안했다.

정우가 집으로 오는 걸 보고 뒷밭에서 내려왔던 때로부터 벌써 두어 시간이 흘렀다. 딱딱하게 굳어가는 너푸가사리를 한번 뒤집어주었다. 나는 신발을 꿰차고 다시 뒷밭으로 향했다. 뒷밭으로 오르는 십여 개의 계단이 있던 자리에는 밭에서 흘러내린 흙무더기가 수북하게 쌓였다. 오래전, 계단 옆으로는 작은 딸기밭이 있었다. 그 딸기밭도 이젠 흙무더기 아래로 묻혀버렸다. 푸릇한 딸기에 붉은 기만 살짝 덧입혀져도 따 먹어버렸다. 이틀만 더 두면 달콤한 물이 흐를 텐데 사촌 오빠도 나도 더는 기다리지 못했다. 사촌 오빠와 서로 먹겠다고 다투던 그 딸기밭은 이제 사라지고 없다.

누렇게 보리가 익어가는 지금쯤이었다. 어느 날 갑자기 학교가 긴 휴교에 들어갔다. 방학이 아니면서 그렇게 오래 학교에 가지 않았던 것은 그때가 처음이자 마지막이었다. 아버지도 회사에 결근하기 시작했다. 아버지가 가끔 바깥 동정을 살펴러 나가긴 했지만 알 수 없는 근심을 잔뜩 짊어진 표정으로 돌아왔다. 하릴없이 집 안에 갇혀 있어야 할 식구가 여섯이었다. 사촌 오빠와 사촌 언니는 연지도를 떠나 K시에 있던 우리 집에서 학교에 다녔다. 그야말로 발 디딜 틈 없이 비좁은 집 안에서 모든 식구가 복작댔다.

집 안에 갇혀 있은 지 며칠 지나 사촌 언니, 사촌 오빠, 언니와 나는 연지도에 있는 고모 집으로 내려갔다. 연지도는 내가 살던 K시에서 버스를 타고 세 시간쯤 남쪽으로 내려가야 닿는 곳이었다. 연지도는 육지와 다리로 연결되어 있어 배는 타지 않아도 되었다. 우리가 연지도에 도착한 다음 날부터 버스 운행이 중단되었다는 얘기가 들려왔다. 사촌들처럼 연지도를 고향으로 둔 학생들이 하나둘 섬으로 내려왔다. 내려오지 않은 학생들이 더 많았지만 매일 몇 사람은 돌아오는 모양이었다. 사흘 밤낮을 걸어서 내려왔다는 이도 있었다. 고모 집과 담 하나를 사이에 둔 옆집 아이들은 집으로 돌아오지 않았다. 대학생과 고등학생 아들이라고 했다. 옆집 아주머니는 자주 담 너머로 고모와 작은 소리로 얘기를 주고받곤 했다.

집 안에서 시끄럽게 노는 것이 못마땅했던지 고모는 뒷밭으로 우리를 내몰았다. 누렇게 익어 있던 뒷밭 보리를 베라고 했다. 사촌 오빠와 나의 언니는 중학생이었고 사촌 언니는 갓 고등학교에 입학한 때였다.

고모 집은 마을이 한눈에 내려다보이는 높은 곳에 있었다. 조금만 큰 목소리로 웃어도 그 웃음소리가 온 마을에 울려 퍼져나갔다. 보리밭은 고모 집 뒤꼍과 닿아 있었다. 집에서 오른쪽으로 돌아 텃밭을 지나면 십여 개의 계단이 나왔다. 가파른 계단을 올라가면 너른 들이 시작되는 첫번째 밭이었다.

나에게 보리를 베는 경험은 처음이었다. 사촌 오빠도 나와 다르지 않아 보였다. 누구도 보리 베는 것에 열중하지 않았다. 집 안에서 웃고 놀던 것이 보리밭으로 옮겨왔을 뿐이었다. 노는 공간은 더 넓어졌고 마음은 더 자유로웠다. 해가 질 무렵이면 사촌 오빠는 마당 가에 서서 노래를 부르곤 했다. 노랫소리를 들은 고모가 황급히 오빠를 방 안으로 들여보냈다. 보리밭에서 부르는 오빠의 노랫소리는 한결 커졌다. 덩달아 언니도 오빠의 노래를 따라 했다. 고모는 사색이 되어 밭으로 올라와 노래 부르는 걸 막았다.

보리 베는 일에 도무지 재미를 붙일 수 없었던 나는 낫을 들고 천천히 보리 이랑을 걸었다. 움푹 팬 보리 이랑을 따라 밭 가장자리까지 오갔다. 한 칸씩 옮기며 이랑을 걷다가 문득 걸음을 멈추었다. 눈앞에 이상한 것이 보였다. 마르지 않은 붉은 흙더미가 수북하게 쌓여 있었다. 누군가가 만들어놓은 것처럼 정교했다. 보리 이삭을 잘게 부수어 붉은 흙더미를 덮어두기까지 했다. 낫으로 흙더미를 헤치자 연분홍 살이 오른 새끼 쥐들이 올망졸망 모여 있는 게 보였다. 놀라 비명을 지르자 사촌 오빠와 언니들이 뛰어왔다. 오빠와 언니들이 오자 놀랐던 마음이 조금 진정되었다. 나는 가까이 다가가 다시 흙더미를 들여다보았다. 십여 마리의 새끼 쥐들이 눈도 뜨지 못한 채 서로의 몸을 파고들 듯 모여 있었다. 엄마 쥐는 보이지 않았다. 사촌 오빠가 쥐구멍 가까이 다가가더니 새끼 쥐한 마리를 들어 나에게 던졌다. 새끼 쥐는 내 발등에 떨어졌다. 나는 펄쩍 뛰면서 내가 내지를 수 있는 가장 큰 괴성을 질러대며 집으로 달려 내려갔다. 괴성을 듣고 고모가 집 안에서 뛰쳐나왔다. 사촌 오빠가 언니들까지 괴롭히는 모양이었다. 언니들이 놀라 내지르는 소리와 오빠의 웃음소리가 건넛마을까지 들릴 듯했다. 재빨리 고모가 뒷밭으로 뛰어 올라갔다. 벌써 세번째 걸음이었다. 고모를 따라 나도 다시 뒷밭으로 올라갔다. 고모는 사촌 오빠에게 뛰어가 큰소리가 나도록 손바닥으로 짝짝, 등을 때렸다.

"그 웃음소리 흘려내지 말라고 했지!"

등이 아픈지 오빠는 몸을 뒤채며 고모에게 대들었다.

"노래 부르지 말라고 했지, 웃는 것도 안 돼?"

고모는 잠시 머뭇거리더니 웃지도 마! 하고 소리쳤다.

"그리고 넌, 그 쥐새끼가 뭐가 무섭다고 온 마을에 다 들리도록 괴성을 질러대니. 지금 때가……"

이번에는 나였다. 그러더니 고모는 갑자기 말을 멈추고는 획 돌아서 가버렸다. 오빠는 자기가 던진 새끼 쥐들을 모아

제자리로 돌려놓았다. 겨우 한 모퉁이 베어냈을 뿐인 보리밭
은 우리가 뛰어다닌 흔적들로 곳곳이 움푹움푹 꺾였다. 붉은
노을이 내려 보리밭은 황금빛으로 번들거렸다. 심드렁해졌나
싶었는데 오빠는 다시 노래를 부르기 시작했다.

집마다 이상한 소란과 침묵이 찾아왔다. K시에서 내려온
아이들이 있던 집에서는 시끄러운 소리가 끊이지 않았고, 그
때까지 내려오지 못한 자식을 둔 집에서는 침묵이 감돌았다.
들판에서는 보리타작하는 기계음이 종일토록 들려왔고, 기계
음이 들리는 곳은 어김없이 뿌연 먼지가 날렸다.

요즘은 보리 경작지도 많이 줄어들었다. 끝에 닿을 수 없을
것처럼 넓게만 느껴졌던 들판이 이제는 그다지 멀어 보이지
않았다. 들판은 보리 대신 감자를 심거나 다른 작물로 대체된
곳이 많았다. 고모의 뒷밭은 여전히 누런 보리가 익어가고 있
었다.

갑자기 바람이 불어와 내가 쓰고 있던 모자를 날려 보냈다.
모자는 보리 위에 떨어졌다. 바람이 스치고 간 자리마다 보리
이삭이 일제히 고개를 눕혔다 일어서곤 했다. 바람을 따라 연
주라도 하듯 보리 이삭의 고갯짓이 바쁘게 움직였다. 바람으
로 드높아진 파도 소리에 그가 놀라지는 않을까. 바위에 부딪
힌 파도가 그의 옷 위에 흠뻑 떨어지지나 않을까. 마음은 온
통 모하도로 쏠렸다.

보리밭 가장자리 두렁에서 쑥을 한 줌 뜯었다. 봄이 깊어져

대가 한 발이나 올라온 쑥을 손으로 젖히고 그늘진 곳에 자란 여린 쑥만 골라 뜯었다. 텃밭에 자라고 있는 부추를 섞어 부침개를 만들 생각을 하며 뒷밭을 내려왔다.

고모가 마루에 앉아 있었다.

"일 마쳤어요?"

"아니, 잠깐 들렀어. 곧 다시 나가야 해."

"잔등 아주머니 다녀가셨어요."

"이따 또 오겠지. 정우 왔다 갔어? 오늘은 너푸가사리네. 저녁에 국 끓이면 되겠다. 오늘은 학교 가는 날도 아닌데 섬에서 왜 나왔다니?"

"엄마 병원에 간다구요."

"그렇구나. 너는 오늘 친구들 내려온다고 하지 않았어? 모하에 들어간다고 했잖아."

"자기들끼리 벌써 들어갔어요. 바람이 부는 것 같죠?"

"바람이야 늘 부는 건데 뭘. 이러다 또 잦아들겠지."

나는 고모에게 거짓말을 했다. 그 남자 혼자 내려온다고 말할 수는 없었다.

고모가 나가고 난 뒤 나는 다시 마루에 등을 대고 누웠다. 처마 아래 그늘에서는 정우가 두고 간 너푸가사리가 꾸들꾸들 말라갔다. 정우의 3학년 담임이었던 나 선생은 자기가 담임일 때는 아무것도 들고 오지 않더니 왜 정 선생에게만 무얼 그리 갖다 드리는지 모르겠다며, 정우 녀석 혼내놓고 말 테다, 하고 자주 농담을 했다. 정우가 이제야 바닷말을 뜯을 수 있을 만큼 컸나 봐요. 내 대답은 자주 바뀌었다. 웃음소리가 한바탕 번지고 지나가면 그뿐이었다.

바람이 더 거세졌는지 파도 소리가 크게 들려왔다. 깊은 밤에는 자주 들렸지만, 한낮의 공기를 뚫고 이곳까지 들려오는 건 드문 일이었다. 아마도 내가 거기에만 집중하고 있어서인지도 모르겠다. 마루에 놓인 책이 바람에 휘리릭 넘어갔다. 바람은 더 거세질 기세였다. 모하도에 혼자 있을 그가 걱정되었다.

대학 입학 면접을 보던 날 그를 처음 만났다. 오랜 시간이 많은 기억을 지워버렸다. 순간의 장면들만이 어렴풋이 머리에 남아 있다. 나머지 시간은 아예 처음부터 없었던 것처럼 텅 빈 채다.

교대를 함께 지원했던 A와 교문에서 만나 면접장으로 들어갔다. A와는 고등학교 2학년 때부터 같은 반이었다. 수험생들은 긴장해서인지 입을 꾹 다물고 누구와도 얘기를 나누지 않았다. 나와 A도 그래야만 할 것 같아 내내 입을 열지 않았다. 교실을 옮겨가며 면접을 봤던 것 같다. 아마도 마지막 면접 시간이었을 것이다. 무용실이나 체육관으로 쓰일 것 같은 너른 공간이었다. 바닥엔 마루가 깔려 있고 교실의 두 배쯤 되는 넓이였다. 면접관이 앞에 놓인 의자에 앉아 있었고, 재학생들이 주변에 서 있었다.

수험생들에게 외투를 벗게 한 후 좌우로 나란히 세웠다. 그
런 다음 팔꿈치까지 옷을 걷어붙이게 하고 바짓단을 무릎 위
까지 추어올리게 했다. 면접실은 너무 넓었고 차가운 겨울바
람이 어딘가로 계속 새어 들어왔다. 드러난 팔과 다리는 곧 파
랗게 얼어갔다. 수험생들에게 앞에 서 있는 재학생들의 율동
을 따라 하게 했다. 재학생들은 국민체조 비슷한 동작을 여러
번 반복했다. 춤인가 싶으면 체조이고 체조인가 싶으면 춤 비
슷한 동작이었다. 중간중간 팔을 벌리고 높이 뛰어오르기도
하면서 부드러운 율동을 이어갔다. 몸치를 구별해내려는 것인
지, 팔다리 움직임을 눈여겨보는 것 같았다.

　면접이 끝나고 추어올렸던 바짓단을 내리려 할 때쯤 면접
을 도왔던 한 남학생이 나에게 다가왔다. 적당히 키가 크고
호리호리한, 곱슬머리가 이마를 단정하게 덮은, 흰 피부의 남
학생이었다. 손에서 오래 가지고 놀았는지 반질반질하게 윤
이 난 빨간 사과 한 알을 나에게 내밀었다. 먹으라고 말했던
가, 아니면 아무 말도 없이 내밀었던가. 나는 사과를 무심결
에 받아 들었다.

　A는 이미 외투까지 차려입고 내 곁에 서 있었다. 나는 꼭
끼어서 잘 내려가지 않는 바짓단을 붙잡고 어쩌지 못했다. 받
아 든 사과를 A에게 맡기고 무릎쯤에서 꼭 끼어버린 블랙진
단을 어렵사리 끌어내렸다. 바짓단을 내리고 나서 나는 사과
를 A에게서 다시 건네받아야 할지 망설였다. 어울리지 않는

장소에서 낯모르는 누군가에게 받아 든 사과. 내 것이라고도 할 수 없다 여겨졌다. 머뭇거리고 있자 A가 나에게 사과를 내밀었다. 받아 든 사과를 손에 쥔 채 이걸 어떡하지, 머릿속에서 계속 맴돌았다. 면접을 마치고 교정을 걸어 나오면서 사과를 반으로 갈라 A와 나눠 먹었다. 꼭 그래야만 할 것 같았다.

입학하고 며칠이 지나지 않아 나에게 사과를 건넸던 남학생을 교정에서 만났다. 그와 나는 걸음을 멈추고 '아, 사과'를 동시에 외쳤다. 그는 4학년 학생이었다.

A는 수업을 마치면 집까지 걸어서 갔다. 한 시간은 걸리는 거리였다. 아르바이트라도 해서 교통비 정도는 스스로 벌어들일 만한 주변머리도 A에겐 없었다. 왜 걸어가, 라고 물으면 그냥 운동 삼아, 라고 말할 뿐이었다. 버스를 타고 집으로 돌아가다 보면 혼자 걸어가는 A가 창밖으로 보이곤 했다. 때로는 그와 함께 버스를 타고 가다 A를 보기도 했다.

바람이 좀 잦아들었는가 보았다. 마당가 오동나무 이파리의 움직임이 안정되었다.

마당에 떨어지던 햇살의 기운이 한결 부드러워졌다. 마루 끝에 걸쳐 있던 처마 그늘이 마당 복판까지 기어 나갔다. 봄날의 하루가 서서히 저물어가고 있었다.

어디에서 만났는지 고모와 잔등 아주머니가 함께 집으로 들어왔다. 대문 두 짝을 열어 집 안으로 경운기를 들였다. 고모부가 몰고 온 경운기 위에는 오늘 타작한 보리 가마니가 쌓여 있었다. 창고 문을 열어 경운기에 쌓인 보리 가마니를 내려 옮겼다.

고모와 나는 저녁을 준비했고 고모부와 아주머니는 마루에 앉아 두런두런 얘기를 나눴다. 낮에 집에 들렀던 아주머니가 담재 밭으로 고모를 찾아간 모양이었다.

어둑어둑해지는 시각 저녁을 차려 둘러앉았다. 상에 오른 너푸가사리국을 떠먹으며 고모부가 말했다.

"정우가 다녀갔구나. 너푸가사리가 상에 오른 걸 보니. 그 아이 아버지는 개차반인데 정우는 바지런하고 야무진 것 같더구나."

"정우가 누군데. 너푸가사리를 왜 그 아이가 가져와?"

잔등 아주머니가 국을 입으로 가져가다 물었다.

"모하에 사는 사람 있잖아. 섬에 살던 두 집을 쫓아내고 지금은 혼자 섬을 차지하고 사는 외지 사람."

"아, 그 사람이 술 마시고 행패 부려서 못 견디고 모하에서 이사 나온 사람들이 있었지. 잘됐지, 뭐. 좁디좁은 섬에서 더 오래 살아 뭣하게."

"개차반 그 사람 아들이 우리 정 선생에게 맨날 바닷것들을 가져다주잖아."

앞뒤가 맞지 않았으나 고모부와 아주머니의 대화는 매끄럽게 이어졌다. 누가 누구인지 지칭하지 않아도 소통하는 데 문제가 없었다. 듣고 있던 고모도 못 알아들을 건 없었다.

정우 아버지가 젊은 시절 도시에서 건달 노릇을 했다는 소문이 돌았다. 본인 입에서 직접 들었다는 사람들이 있었다. 정우 아버지가 도시 생활을 접고 섬에 들어온 건 정우를 낳기도 전이었다. 몇 해를 함께 살던 이웃 두 집이 연지도로 이사 나온 후에도 정우네는 모하에 남았다. 하루걸러 겪게 되는 정우 아버지의 술주정이 지겨워 이웃들이 모하를 나왔다는 얘기가 있으나 우스갯소리인 게 분명했다. 소문이란 재밌게 꾸며지기 마련이다. 술주정이 없던 건 아니겠지만 그게 섬을 나오게 된 계기는 아니었을 것이다. 내가 모하에 들어갔을 때, 이사 나온 이웃들과 정우 아버지가 마주 앉아 술을 마시고 있었다.

"쑥 부침개가 맛나네. 우리 정 선생이 또 심심했던 모양이구나."

고모부가 쑥 부침개를 먹으며 농담을 건넸다. 내가 만들어낸 반찬이 상에 올라올 때면 고모부는 잊지 않고 꼭 한마디씩 했다.

남쪽 섬의 들판은 어느 계절이든 먹을거리가 풍성했다. 일하느라 바쁜 섬사람들은 나와 같은 여유가 없었다. 봄이 시작되면 곧 푸른 싹들이 들판을 덮어갔다. 봄날 들판은 어지럼증을 일으킬 정도로 하루가 다르게 변했다. 자고 일어나면 한 뼘씩 쑥쑥 자라는 들판이 무섭게 느껴지기도 했다.

나는 푸른 싹이 봄볕의 드센 기운을 품기 전 여린 싹을 골라 식탁에 올리곤 했다.

학교에서 돌아오는 길에 논두렁 풀숲에 보이는 연한 미나리를 뜯어와 고추장에 무치거나 부침개를 만들어 식탁에 올렸다. 집 뒤꼍 언덕을 봄부터 여름까지 머윗잎이 덮었다. 이른 봄 머위를 데쳐서 된장에 무치면 쌉싸래한 향이 콧속까지 스며들었다. 고모가 상을 차리는 동안 끼어들어 서툰 손놀림으로 반찬 한 가지를 만들어내곤 했다.

가을에 먹는 냉이는 봄 냉이 맛을 훨씬 웃돌았다. 볕이 잘 드는 밭 자락에 뭉텅뭉텅 자란 냉이를 캐와 데쳐서 참기름과 소금, 참깨를 뿌려 무쳤다. 거친 냉이 잎을 살짝 씹으면 진한 향이 입안 가득 퍼졌다.

어김없이 고모부의 반찬 투정이 시작되었다. 정 선생 아니었으면 가을 냉이 무침을 살아생전 맛볼 수도 없었을 거라는 둥 슬슬 고모 비위를 건드렸다. 들을 때마다 무안해지곤 했다.

"심심해서 그러는 거예요."

"이 사람은 지천으로 널린 이런 맛난 것들을 왜 상에 올리지 않는지 모르겠다. 기껏 하는 것이 지겹도록 늘 먹는 것들이지. 왜 밭에서만 나는 것들 있잖아. 이른 봄에 먹었던 자운영 나물은 떠올리기만 해도 입안에 침이 고인다. 어서 내년이 와서 자운영 나물을 또 먹을 수 있었으면 좋겠구나."

자운영이 무논을 뒤덮었던 이른 봄은 벌써 가버렸다. 고모가 조물조물 만들어내는 반찬에 비하면 내가 하는 건 소꿉장

난 수준이었다. 나는 자꾸 너푸가사리국으로 손이 갔다. 고모부도 국 한 대접을 말끔하게 해치웠다.

집으로 돌아가겠다는 잔등 아주머니를 붙잡은 건 고모였다. 설거지를 끝낸 고모는 일어서려는 아주머니를 손으로 잡아끌며 다시 앉혔다.

"길도 어두운데 그냥 여기서 자고 가. 집에 가도 기다리는 사람도 없는데 굳이 가려고 그래."

못 이기는 척 아주머니도 다시 앉았다.

바람은 잦아들었다. 검은 먹물처럼 퍼진 어둠이 마을을 뒤덮었다. 가로등은 등 아래 작은 조각 어둠만 걷어낼 뿐, 깊어진 어둠 속에서 바늘구멍만큼의 존재감도 없었다. 희미하게 파도 소리가 들려왔다. 봄날 하루, 몇 번째 올라왔는지 모를 뒤꼍 보리밭. 아무것도 보이지 않았다. 칠흑 같은 어둠 속을 걸어 곧 집으로 내려오고 말았다.

벌써 불이 꺼진 안방에서는 두런거리는 말소리가 새어 나왔다.

내가 자리에 눕고도 오래도록 말소리는 그치지 않았다. 나이 들면 초저녁잠은 많아지고 새벽잠은 없어진다더니 그것도 아닌가. 속삭이듯 낮은 소리가 끊어졌다 싶으면 다시 이어지길 되풀이했다. 무슨 말을 하는지 알아들을 수 없었으나 누구의 목소리인가는 구별되었다. 마치 정해놓기라도 한 듯 세 사람이 번갈아 가며 더 짧지도 길지도 않게 얘기를 주고받았다.

그즈음 들어 잔등 아주머니가 고모 집에서 자고 가는 날이 많아졌다. 사촌 언니가 언니에게 귀엣말로 속삭이던 말이 떠올랐다. 우리 아빠에게 작은 부인이 생길지도 몰라. 작은 부인? 하며 눈을 동그랗게 뜨고 언니가 사촌 언니를 바라봤다. 응, 작은 부인. 쪼르르 달려가 일러바친 언니에게 고모는, 너희들은 별 희한한 소리를 다 하는구나, 하고 웃어넘겼다. 그 작은 부인이 될 뻔했던 잔등 아주머니와 고모부와 고모는 너른 방에 나란히 누워 잠이 들었다. 자식들이 모두 떠나고 없는 한적한 집에 모여 셋이 함께 사는 것도 나쁘지 않아 보였다.

나는 낮에 읽던 책을 집어 들었다. 사촌 오빠가 쓰던 방에는 오래된 책이 많았다. 오빠는 대학에 입학하고 한 번도 연지도 땅을 밟지 않았다. 그 봄날, 두 아들을 한꺼번에 잃어버린 옆집 아주머니 앞에 나설 수가 없다는 것이다. 옆집 아주머니가 그해 명절에 내려온 오빠 얼굴을 두 손으로 쓸며 하염없이 눈물을 흘렸다. 굽어진 허리에 손을 얹고 지나가는 아주머니를 볼 때면 고모는 혼잣말하며 혀를 끌끌 찼다.

"니 자식이나 내 자식이나 얼굴 못 보긴 매한가지네."

버릇처럼 나는 두세 장을 넘기고 삭아가는 책 냄새를 맡았다.

셋이 함께 누운 저녁, 먼저 잠이 든 사람은 고모부였다. 여자인 것이 분명한 작고 가는 목소리가 서너 번 더 오가더니 잠잠해졌다. 안방에서 들리던 소리가 끊기자 개구리 울음소리가 들려왔다. 개구리는 이전부터 요란스럽게 울었겠지만 나는 듣지 못하고 있었다. 그때부터 개구리 울음소리에 나는 귀를 기울였다. 개구리 울음소리에 묻혀 파도 소리는 들려오지 않았다.

은
유
와　고
조

포메 0325. 보호소에 새로 들어온 포메라니안 이름이다. 다섯 살로, 주인은 '셔리'라고 불렀다. 럭셔리하게 생겨서 셔리라 줄여 지었다고 했다. 은유는 셔리보다 주인이 더 럭셔리하다고 생각했다.

셔리는 은유를 향해 자지러들 듯 짖어댔다. 셔리 그만해, 쉿 조용, 하고 말하는 주인의 목소리는 셔리보다 앙칼졌다. 셔리는 두려움 가득한 눈빛으로 은유를 노려봤다.

"우리 셔리는 방 안에서만 자랐어요. 밖에 데리고 나간 적이 거의 없어요. 그래선지 나중에는 아예 밖에 나갈 생각을 않더라구요. 현관에서 짖기만 할 뿐 내가 외출해도 따라나선 적이 없어요. 너무 오랜만에 하는 외출이라 겁을 먹었나."

주인 얘기는 쓸데없이 길었다.

은유는 셔리를 받아 들고 몸무게를 가늠했다. 3.5킬로그램 정도 될까. 병도 없고 예방주사도 맞았고, 중성화 수술도 했다. 흰색 털에 작고 예뻤다. 은유의 품에 안겨 부들부들 떨면서도 계속 짖었다. 그러다 짖기를 멈추고 애원하는 표정으로 은유를 바라봤다. 저런 눈빛, 많이 봐왔다. 하루에 두세 번쯤, 어쩌면 더 자주. 털빛도 건강하고 고왔다. 한 달 전쯤 미용했는지 가장 예쁘게 자라 있었다. 발끝 털이 수북하게 자라 발톱을 숨겼고 귀엽고 생기 있어 보였다.

0325의 주인은 사흘 전 미리 전화를 줬고 약속한 시각에서 삼십 분쯤 늦게 보호소에 도착했다.

"조금 늦었죠? 미안해요."

그러나 미안함을 찾을 수 없는 밝고 여유 있는 얼굴이었다. 은유는 셔리의 머리를 매만지며 주인에게 싫지 않은 표정을 지어 보였다.

"보호소 찾느라 조금 헤맸어요. 이 근처를 두 번이나 지나쳤는데 겨우 찾았네요."

꼼꼼한 사람이었다면 이곳을 지나치진 않았으리라. 개 짖는 소리가 들렸을 테고 멀리에서도 키 낮은 울타리가 보였을 테니. 넓지는 않아도 개들이 운동할 수 있는 푸른 잔디가 깔린 마당도 있다. 셔리가 오래 머물지 않을 테니 보호소가 어떤 환경인지 주인은 관심 밖이었을 것이다.

은유는 비어 있던 케이지에 셔리를 넣었다.

"어머, 벌써 그곳에 넣으면 어떡해요. 빨리 꺼내주세요."

주인은 화들짝 놀라며 부산을 떨었다. 꺼내서 주인에게 건네려는 순간 셔리가 바닥으로 뛰어내렸다. 은유 팔에 길게 긁힌 자국이 생겼고 핏방울이 맺히기 시작했다. 주인이 셔리를 잡으려고 뒤따라갔다. 은유는 화장지를 떼어 핏방울을 닦아냈다. 붉은 선이 그어졌다. 셔리는 책상 밑으로 들어가거나 의자 다리 사이를 오가며 주인의 손길을 요리조리 피했다. 주인이 가방에서 간식을 꺼냈다. 셔리는 주인에게 다가가서 닭고기 져키를 무는가 싶더니 주인의 손가락을 깨물었다. 셔리는 바닥에 떨어진 져키를 물고 구석진 자리에 앉아 뜯기 시작했다.

결혼한 딸이 다음 주면 아이를 낳는다고 했다. 딸은 학교 선생으로 근무하니 자신이 손자를 키울 수밖에 없다고, 그러니 셔리를 키울 수 없다고 주인은 말했다.

"오 년 키운 셔리를 남에게 줄 수도 없고, 그러다 길을 잃고 헤매거나 나쁜 주인을 만나서 구박이라도 당한다 생각하면 잠도 못 자겠어요. 나와 헤어져서 슬퍼할 셔리를 생각하면 차라리 안락사시키는 게 더 낫지 않겠어요?"

주인은 셔리가 들을 수 있다는 걸 헤아리지 않았다. 이미 결정을 하고 사흘 전 전화로 얘기를 했고 여기 데려오지 않았는가.

"다른 좋은 주인을 만나면 지금처럼 편안하게 살아갈 수도 있겠죠."

은유는 심드렁하게 대꾸했다.

"제 친구 딸이 비글을 키웠어요. 결혼하면서 남편이 데려오지 말라고 했나 봐요. 그래서 가까운 사람에게 줬는데 그 사람이 못 키우고 또 다른 이에게 줬대요. 세 번을 옮겨 다니고 나서야 친구 딸이 다시 데려올 수밖에 없었대요. 우리 셔리에게도 그런 일이 생겨봐요."

주인은 말을 마치고 고개를 설레설레 저으며 애처로운 눈빛으로 셔리를 바라봤다. 셔리는 져키의 마지막 부분을 아작아작 씹어 삼키고는 앞발을 내밀어 입 주위를 닦았다. 앙칼지게 할퀴고 깨무는 걸 보니 셔리는 약하지 않았다. 다른 주인을 만나도 잘 지낼 수 있을 것이다.

지난겨울 여행이 세 사람에게 마지막이 될 것이라고 누구도 예상하지 못했다. 호텔은 지나치게 크고 화려했지만 얼음속처럼 추웠다. 은유는 추위에 떨며 밤새 잠을 거의 못 잤고 아침 일찍 일어났다. 추위에 아랑곳하지 않고 고조는 편안하게 잘 자는 눈치였다. 호텔 입구에는 모피 원단 공장에서 나온 차가 대기하고 있었다. 재오가 가장 늦게 로비로 내려왔다. 차를 타기 위해 호텔 밖으로 나왔는데 밖과 로비의 기온차가 크지 않았다. 히터 열기에 따뜻해진 차 안에 들어온 다음에야 추위에 굽은 허리를 편안하게 펼 수 있었다.

호텔에서 모피 시장까지 오는 동안 잠깐 잠이 들었다. 고조가 팔을 흔들어 깨우고 나서야 일어났다. 시장 입구 근처 갓길에 차를 세우고 내렸다. 쨍하게 추운 날씨가 상쾌했다. 은유는 진득거리는 발아래를 내려다보며 걷다가 하늘을 올려다봤다. 지나치게 푸른 하늘에 옅은 구름 몇 조각이 지평선 언저리에 닿아 있었다. 시장 주위로는 시야가 안 닿는 곳까지 빈 밭이 넓게 펼쳐져 있었다. 여름이면 희끗희끗한 목화송이가 저 빈 들판에 끝없이 들어찬다고 재오가 말했다. 봄에 바람이 불면 건조해진 밭에서 이는 흙먼지에 부딪혀 얼굴에 상처가 생긴다고도 했다. 은유는 픽 웃고 말았는데 재오의 시답잖은 농담이 싫지는 않았다.

흙이 신발에 찐득찐득 들러붙었다. 시장 입구까지는 채 오십 미터도 되지 않았지만 걸음을 옮길 때마다 은유는 짜증이 났다. 움푹움푹 빠지는 길을 걸으면서도 고조의 얼굴에는 웃음이 묻어났다. 이렇게 질척이는 흙길을 오랜만에 걸어본다며 오히려 즐거워했다. 시장 입구에 다가갈수록 더 질척였고 신발이 더 깊이 빠졌다. 흙덩이가 덕지덕지 붙은 자신의 빨간 어그부츠를 내려다보며 그나마 다행이지? 발이 젖지는 않잖아, 하고 고조가 웃었다.

톈진에 있는 따영까지 가게 된 건 고조의 고집 때문이었다. 원단 구매는 MD인 재오가 하는 일이었다. 모피 원단의 생산 공정은 재오가 따영에 다녀올 때마다 되풀이해서 얘기해 줬다. 고조가 굳이 그것을 봐야겠다고 우길 필요까진 없었다. 고조는 은유에게 싫으면 같이 가지 않아도 된다고 말했다. 차마 할 수 없었던 얘기를 낯선 곳에 가면 꺼내기가 쉬울 수도 있겠다고 은유는 판단했다. 내키지 않아 하면서도 따영에 따라온 이유였다.

디자인은 거의 카피였다. 카피를 얼마큼 잘하느냐, 그것이 유능한 디자이너의 능력이었다. 비싼 원단을 적게 쓰면서도 효율적으로 어필하는 디자인을 찾아내고, 유행을 잘 포착해내는 것. 여성 패션디자이너인 고조가 해오는 일이었다. 카피는 필수였다. 그렇게 하지 않으면 계절에 맞춰 그 많은 디자인이 나올 수 없다고 했다. 고조는 카피를 일종의 벤치마킹이라 우겼다.

그러니까 카피하기에도 바쁜 디자이너 고조가 굳이 모피 생산 공정까지 돌아볼 필요는 없었다. 재오는 따영에 다녀올 때마다 다음엔 꼭 같이 가자고 했다. 은유는 그저 하는 얘기라고 느꼈는데 고조는 재오에게 약속 꼭 지켜, 라고 다짐을 받곤 했다. 고조가 근무하던 의류회사에 재오가 MD로 입사한 뒤 셋은 자주 어울렸고 서로 편하게 지냈다.

시장 입구를 지나자 석탄 덩어리를 실은 리어카가 길게 줄지어 있었다. 가공되지 않아 크기가 제각각인 석탄 덩어리는 검고 굵은 돌덩이처럼 보였다. 덩어리를 사서 적당히 잘게 부수어 난방용으로 쓰거나 필요한 곳에 쓴다고 재오가 말했다. 은유에게는 모든 게 낯설고 불편했다. 저 덩어리는 우리가 쓰는 장작 같은 거네요? 하고 고조가 물었다. 그렇지. 재오와 고조는 나란히 걸었고 은유는 두어 발짝 뒤에서 따랐다. 고조의 버건디 머플러가 바람에 날려 재오의 등에서 춤추듯 흔들렸다.

석탄 리어카를 지나자 뒷좌석에 검은색과 은빛 여우 털가죽이 무더기로 쌓인 오토바이가 보였다. 머리에서부터 꼬리까지의 길이가 이 미터쯤 돼 보였다. 윤기 흐르는 여우 털은 바람이 스칠 때마다 가볍게 흔들렸다. 저런 여우 털을 사다 공장에서 손질해 원피를 만들어낸다고 재오가 설명했다. 붉게 상기되어 있던 고조의 표정이 굳어갔다. 고조가 곁에 와서 은유의 팔을 붙들었을 즈음 이상한 냄새가 떠돌기 시작했다. 역한 느낌이 코끝을 떠나지 않았다.

셋은 어느새 더 좁고 시끄럽고 냄새나는 시장 골목에 들어와 있었다. 재오가 한 곳을 향해 곧장 걸어갔다. 은유가 재오의 뒤를 따랐고 고조는 은유의 팔을 붙들고 걸었다. 떠도는 공기마저 축축했다.

한 곳에 여우들이 맑은 눈을 빛내며 웅크린 채 갇혀 있는 철제 케이지가 놓여 있었다. 케이지에서 흘러나온 배설물이 바닥 흙을 적셨다. 냄새가 진동했다. 칠흑처럼 털이 까만 여우가 케이지 밖 세상을 호기심 가득한 눈으로 바라봤다. 시장 안 좁은 통로로 사람들이 발 디딜 틈 없이 오고 갔다. 시끄러운 목소리와 역한 냄새가 마구 섞여든 시장 분위기는 활기차고 복잡했다. 재오의 목소리도 약간 들떴다. 처음이지? 매번 볼 때마다 참 끔찍해. 끔찍함이 배어 나오지 않은 가벼운 목소리였다. 약간 상기된 기대감이 전해졌다.

찐득하게 들러붙은 머리가 귀밑까지 닿아 얼굴이 거의 보이지 않는 작은 남자가 케이지 안에서 여우를 잡아 끌어냈다. 여우 뒷다리를 잡더니 머리를 땅바닥에 세게 내리쳤다. 엉겹결에 끌려 나온 여우는 한마디 괴성을 내지르다 멈췄다. 기절한 여우를 한쪽에 던져놓고 케이지에서 다른 여우를 꺼내 바닥에 내리쳤다. 다섯 마리의 여우가 꽁꽁 언 흙바닥에 널브러져 쌓였다. 희미하게 정신을 차린 듯 꿈틀대던 머리를 나무 몽둥이로 차례로 내리쳤다. 이번엔 남자가 손도끼를 들고 죽은 듯 누워 있는 여우들 쪽으로 갔다. 작은 베개만 한 나무토막에 여우 발목을 올리고 도끼로 내리쳤다. 뭉툭한 칼을 꺼내 여우 목에 대고 칼집을 낸 뒤 뒷다리 부분에도 몇 차례 칼집을 넣었다. 기계적이고 재빠른 손놀림이었다. 잘려 나간 발목 부분에서부터 천천히 껍질을 뒤집어 벗겼다. 찌이익, 살 찢어지는 소리가 겨울 공기에 섞여들었다. 뒤집어 벗은 옷인 듯 벗겨진 껍질을 언 바닥에 던졌다. 거죽을 벗어 붉게 실핏줄이 드러난 여우 몸뚱이도 다른 쪽에 쌓았다. 여우가 힘겹게 눈을 떴다. 경련이라도 하듯 파닥거리는 여우 몸에서 흰 김이 피어올랐다. 산 채로 껍질을 벗겨야 가죽 상태가 좋아. 재오가 덤덤하게 말했다. 꽁꽁 언 흙바닥에 검붉은 핏물이 고여갔다.

고조의 손이 차가워지고 있었다. 은유의 손을 꼭 쥐고 있었는데 손끝부터 얼음처럼 차가워가는 느낌이 또렷했다. 감기든 사람처럼 몸까지 오돌오돌 떨었다. 상대적으로 은유의 손이 뜨거웠던 걸까. 은유는 잡은 손에 더욱 힘을 주고 몸을 꼿꼿이 했다. 달아나려는 고조를 붙잡으려는 것처럼.

뭉툭한 칼을 잡고 여우 껍질을 벗기는 남자의 손놀림엔 순발력과 기교가 있었다. 여우는 자신에게 무슨 일이 일어나고 있는지 알까. 칼이 지나는 느낌도 알아챌 수 없는, 도의 경지의 손놀림을 발휘해 여우도 남자도 아무것도 느끼지 않았으면 싶었다. 찌이익, 껍질 벗기는 소리가 겨울 공기를 가르고 북적대는 시장의 소음 속으로 사라져갔다. 고조는 움직일 마음이 없는 건지 딱딱하게 얼어 있었다. 은유가 세게 잡아 끌어낸 다음에야 겨우 걸음을 뗴었다.

그날 밤 고조가 마신 술의 양이 얼마였는지 은유에겐 오래도록 의문으로 남았다. 재오가 처음부터 중국의 백주를 권했다. 고조에게 잘 맞을 거라며 '노정공주'를 시켰다. 소주도 잘 못 마시던 고조는 노정공주를 잘 받아 들이켰다. 술은 달고 부드러웠다. 목으로 넘길 때 톡 쏘는 끝맛이 호기심을 자극했다. 노정공주를 두 병째 비우고 이후로는 좀 더 저렴한 술로 몇 병 더 비웠을 것이다. 술자리는 새벽녘까지 이어졌고 부축을 받고 숙소로 들어왔던 고조는 다음 날 깨어나지 않았다. 따영 병원에서 며칠을 보내고 여전히 의식을 회복하지 못한 채, 고조는 은유와 함께 귀국했다.

병원에서 나는 냄새는 갈 때마다 불편했다. 몸속까지 끈질기게 파고들 것 같은 냄새는 익숙해지지 않았다. 고조의 병실은 삼층이다. 천천히 계단을 걸어 올라갔다. 삼층까지 오르는 동안 뭔가를 정리하고 싶었지만 늘 아무런 결정도 내리지 못한 채 은유는 병실 문 앞에 서 있곤 했다.

침대에 누운 채 두 눈을 뜨고 있는 고조를 마주 보며 앉았다. 저런 눈빛, 하루에도 몇 번씩 부딪치는 눈빛이다. 뭘 원하는지 알 것 같다. 다 들어줄 순 없다. 밖으로 나가고 싶겠지. 배가 고파서 먹을 것을 달라고 할 때의 눈빛도 저렇다. 보호사를 만지고 싶어서 앞발을 우리 밖으로 내밀며 빈 손짓 할 때의 강아지들 눈빛도 저와 같았다.

은유는 보호소에 들어온 지 며칠 안 된 애플푸들의 밖으로 나온 손을 무심코 잡았었다. 손을 놓고 몇 발짝 옮기지도 않았다. 함께 갇혀 있던 개들이 일제히 애플푸들에게 달려들었다. 집단 린치를 당한 애플푸들은 바닥에 뻗어버렸다. 끙 끙, 가는 신음을 냈다. 할퀴거나 깨물려 어딘가 다쳤을 것이다. 길들이는 거였다. 이제 들어온 네가 감히 주인의 손을 만져, 라는 경고. 모른 척 지나칠 수밖에 없었다. 더 관심을 보였다간 애플푸들은 다른 케이지로 옮겨야 한다. 들어온 지 며칠 안 된 아이든 오래 갇혀 있는 아이든 은유가 지나가면 케이지 밖으로 손을 내밀어 잡아달라는 눈빛을 보내왔다.

고조, 지금 넌 뭘 원하는 거니? 은유는 눈빛으로 묻는다. 배고파? 아니면 나가고 싶어? 고조는 어쩌면, 지금도 재오와 잘 사귀고 있어? 라고 묻는지 모른다. 헤어졌어, 라고 말하고 싶지 않다. 네가 편안하길 바라지 않으니까. 내가 대답할 때까지 그런 눈빛을 나에게 보낼 거지? 넌 말이 많았어. 원하는 게 있을 땐 주저 없었어. 그런 네가 부담스럽게 느껴질 때가 얼마나 많았는지. 너에게 관심을 거두면 곧장 불이익이 따라왔지.

중학교 3학년 때였다. 담임선생님이 참고서를 줄 테니 은유에게 교무실로 따라오라고 했다. 그때 왜 고조도 함께 갔는지. 고조가 보는 앞에서 담임이 한 아름 참고서를 은유에게 안겨줬다. 한 권쯤 자신에게 줄 수도 있었는데 열 권이 넘는 책을 너에게만 줬다고 고조는 말했다. 다음 날 고조는 담임에게 반장을 그만두겠다고 했고 은유가 반장을 넘겨받았다. 담임은 다시 반장 투표를 하는 건 번거롭고, 성적도 가장 낮고 여러모로 은유가 적합하다고 말했다. 자존심이 약간 상했지만, 담임의 결정을 거부할 수도 없었다. 물려받았다는 게 견딜 수 없이 싫었다. 처음부터 반장을 했더라면 이런 일을 겪지 않았을 게 아닌가.

너, 누워 있으면서도 그런 기억 떠올리곤 하니? 내가 도무지 말이 없으니 어떤 마음인지 궁금해서 미칠 지경이지? 언제까지 누워 있어야 하는지, 네 부모님은 언제 또 볼 수 있는지 궁금할 거야. 나는 말이 없는 편이었어. 그러니 너를 만나러 와서 말이 없는 건 당연한 거야. 뭘 숨기려고 얘기를 안 하는 게 아니야. 얘기해도 너는 반응도 없잖아. 눈을 깜빡이거나 몸을 뒤치거나 나를 빤히 바라보거나 해보란 말이야. 너의 피부는 여전히 곱구나. 살도 찌지 않았어. 살짝 들린 야윈 콧날로 품위를 드러내고 싶겠지만, 글쎄. 나 말고 친구들 얼굴 본 지도 꽤 오래됐지? 네겐 나뿐인 거야. 예전에도 그랬던 것처럼.

매주 수요일마다 널 찾는 것도 나뿐일 거야. 처음엔 부모님도 자주 왔었는데 너무 먼 길이잖아. 친구들도 몇 번 왔었지. 모두에게 잊히는 시간이 너무 짧아 내심 놀랐어. 너를 이곳에 입원시킨 건 내 뜻이었어. 고등학교에 입학하면서부터 같이 살아왔으니까. 너를 내가 책임지는 건 당연해. 병원에 떠도는 이런 냄새, 따영에 갔을 때 시장에서 맡았던 것보다 덜하다고 생각하지? 자주 오고 싶진 않아, 병실에 떠도는 냄새 때문에라도. 네 곁에 오래 앉아 있지 않는다고 원망하지 마. 언젠가 너에게 주저리주저리 얘기할 때, 내 말이 옳지 않다고 여겼는지 넌 땀을 흘리며 입술을 움직이려고 한 적이 있어. 틀린 얘기를 하더라도 넌 듣고 있어야만 하는구나. 재오와 노정공주를 마실 때, 넌 나를 화나게 했지. 재오는 왜 너에게 더 친절했는지, 마치 내가 아니고 너를 좋아하는 사람처럼 굴었지. 그날은 내가 재오와 연인이 되었다고 너에게 처음 말한 날이었어. 그 말을 듣고 네가 화난 사람처럼 굴었지. 그래서 재오가 너에게 친절했을 거야. 난 그게 싫었고. 은유는 고조를 바라보며 눈빛으로 소리쳤다.

고조 맞은편 침대는 조용했다. 치매를 앓는 할머니 주변에 가족들이 몇 보였다. 두런거리는 말소리도 들리지 않았다. 예순을 넘긴 아들은 일주일에 두 번 꼬박 병원에서 보내며 할머니를 돌본다고 했다. 할머니는 그가 아들인지 보호사인지 구별하지 못했다. 아들은 젊었을 때 어머니에게 너무 많은 불효를 저질렀다고 했다. 일주일에 이틀 간호하는 시간을 얻기 위해 아들은 직장까지 옮겼다. 그로 인해 이혼했는데 어쩔 수 없는 일이었다고 했다. 그게 이혼의 원인이었는지, 어차피 이혼할 관계였는지 알 수 없다. 당자의 말이 그렇다면 그렇다고 믿을 수밖에. 할머니는 아들이 오면 환자복을 벗고 예쁜 외출복으로 갈아입었다. 대단한 외출이 기다리고 있는 것은 아니었다. 병원 정원을 산책하거나 멀지 않은 마을 길을 걸어 돌아올 뿐이었다. 할머니의 옷장에는 화려한 색의 외출복이 빼곡히 걸려 있었다.

고조의 옷에 대한 안목은 남달랐다. 신발, 가방도 고조의 것이 되면 특별해 보였다. 교복마저 어딘가 다르게 고쳐 입었다. 손수 고쳤기 때문에 누구와도 같지 않았다. 고조에게 부탁해 은유도 교복을 고쳐봤지만 느낌은 달랐다. 은유는 고조에게 너와 다르게 고쳤다고 우겼다. 고조가 처음 패션디자이너가 꿈이라고 말했을 때 한편으로는 수긍하면서도 충격을 받았다. 은유도 패션디자이너가 꿈이었다. 그 말을 은유가 먼저 하지 않았을 뿐이었다. 고조가 없을 때만 은유는 친구들에게 패션디자이너가 꿈이라고 말할 수 있었다. 늘 한 발 앞에 가는 고조가 싫었다. 은유는 패션디자이너의 꿈을 버렸다. 친구들은 둘이 언제나 손을 잡고 긴 복도를 걸어 화장실을 다녀오던 일을 잊을 수 없다고 말했다. 둘이 싸우는 것도 남들 눈에 띄게 해서 졸업 후 모일 때면 수다 거리를 제공했다. 고조는 목소리 크게 덤볐고, 은유도 차분하고 조용하게 따지기 시작하면 싸움은 팽팽했다. 두 시간이 훌쩍 지나도록 말싸움이 그치지 않을 때도 많았다. 긴 말싸움이 지겨웠던지 고조가 의자를 들어 은유에게 던진 적도 있었다. 그렇게 싸운 다음 날에도 둘은 손을 잡고 화장실을 오갔다며 친구들은 놀렸다.

은유는 병원을 찾을 때마다 고조의 옷을 갈아입혔다. 늘 같은 디자인의 환자복이다. 어떤 옷이든 세상에 하나밖에 없는 것처럼 잘 어울렸던 고조의 예전 옷들은 거의 버렸다. 이제 은유는 그런 것들에 질투할 필요가 없어졌다. 고조의 신발을 훔치고 싶었던 적도 많았다. 카피에 불과했지만 포인트를 잘 잡아 약간씩 변화를 준 스케치들로 채워진 고조의 디자인북을 찢어버리고 싶은 마음도 사라졌다. 고조는 누워서 얕은 숨만 내쉬고 있었다.

어제 박스 열두 개가 나갔다. 은유는 죽은 강아지를 신문지에 둘둘 말아 박스에 네 마리씩 넣어두었다. 이 주에 한 번 박스를 처분하기 위해 폐기물 수거 트럭이 왔다. 기사는 바퀴 달린 케이지에 박스를 네 개씩 싣고 냉동차로 옮겼다.

말티즈 0332. 보호소에 들어온 지 이 주일이 지났다. 일곱 살이면 많지도 적지도 않은 나이다. 들어올 때부터 약했다. 재분양의 기대는 포기했고 지금껏 살아왔던 것도 기적처럼 느껴졌다. 혀가 밖으로 밀려 나왔고 입 주변은 찢어져서 입을 다물지 못했다. 먹이도 스스로 먹지 못해서 매일 유동식을 주입했다. 삐져나온 혀로 숨을 꼴깍꼴깍 들이마시면 주사기로 흘린 먹이가 목 안으로 넘어갔다. 목으로 넘어가는 것보다 밖으로 다시 흘러나오는 양이 더 많았다. 하루 다섯 번 빠뜨리지 않고 은유가 해오던 일이었다. 한꺼번에 많이 먹을 수 없어 자주 적은 양을 줄 수밖에 없고 워낙 못 먹다 보니 소화력이 점차 약해졌다. 0332는 조금씩 기운을 잃어갔다. 이 주 동안 잘 버텨주었다. 잘 못 먹어서인지 뼈마디도 약했고 전체적으로 홀쭉했다. 길게 자란 거친 털은 뭉쳐서 샴푸를 해도 풀리지 않았다. 은유는 털을 깎아야겠다, 생각은 했다. 0332를 케이지에서 꺼내 안아 들고 책상 위에 놓았다. 은유를 빤히 바라봤다. 은유는 0332를 볼 때마다 숨을 쉰다는 것이 오히려 고통이 아닐까 싶었다. 은유의 팔에는 강아지들이 할퀸 길고 가는 상처들이 많았다. 오래되어서 희미해져 가거나 핏물이 배어 나올 것처럼 선명한 상처까지. 0332는 은유의 손길이 익숙해졌을 테고 또한 반항할 기운도 없을 것이다. 은유는 0332에게 석시콜린을 주입했다. 긴장감에 팽팽했던 0332의 근육이 서서히 늘어졌고 눈도 감겼다. 신문 몇 겹을 꺼내와 두 번을 말아 쌌다. 은유는 세 마리가 들어 있던 박스를 꺼내 0332를 넣고 테이프로 마무리해서 냉동고에 넣었다. 0332를 넣어둔 게 마지막 박스였다.

냉동고가 텅 비었다. 텅 빈 냉동고를 볼 때마다 가볍고 홀가분하단 생각과 냉동고를 채웠던 강아지들이 떠올라 무겁고 혼란스러웠다. 보호소에서 이 주일을 채운 재분양이 안 된 강아지들, 그리고 더 이상 생명을 유지하기 힘든 강아지들. 몸이 사르르 이완되는 느낌은 불편했다.

고조가 쓰러지게 된 건 뇌출혈 때문이었다. 고조의 뇌가 촬영된 사진을 수없이 봐왔다. 은유가 알 수 있는 건 검은 바탕에 흰 부분이 있으며 전체적으로 먹물이 풀려 희미한 그림처럼 보인다는 것뿐이다.

몸무게 230그램인 시루의 머리는 은유 주먹보다 작다. 그 작은 뇌를 움직여 은유의 말을 알아듣고 배고프다는 표현을 하고 두려움에 떨며 숨어들기도 한다. 한 줌도 안 되는 뇌를 작동시켜 사고하는 시루를 볼 때마다 신기하다.

고조의 뇌도 누구와도 다르지 않을 것이다. 약간 검게 표시되어야 할 부분이 흰색으로 두드러져 보인다는 것뿐이다. 두드러진 흰색 부분으로 인해 고조는 한 줌 뇌를 가진 시루도 할 수 있는 배고프다는 표현도, 밖으로 나가고 싶다는 생각도 드러낼 수 없다. 밤을 새워 얘기하고 토론하고 싸울 수 있었던 것도 뇌가 제대로 작동할 수 있었기 때문이다. 은유는 손안에 들어오는 시루의 머리를 쥘 때마다 해맑은 눈을 들여다보게 된다. 시루가 고조보다 더 많은 걸 가진 건 아닌가, 하는 생각이 스치곤 했다.

시루는 유기견으로 들어온 토이푸들이 낳은 새끼였다. 두 마리를 낳았고 시루의 형제는 두 달 만에 분양되어 나갔다. 시루를 키우게 된 건 은유가 보호소에 들어온 후 태어난 첫 생명이라는 이유도 있었지만 시루를 남기고 그 어미가 곧 죽을 수밖에 없었기 때문이다. 어미는 새끼를 낳을 때까지만 생명을 지킬 수 있었다. 시루는 어미의 유족이 되었다. 유족이라니, 남아 있는 가족. 시루는 그러니까 새끼 두 마리를 낳고 죽은 푸들의 유족이었다.

시루는 대부분의 시간을 은유 방에서 보낸다. 밖으로 나와서는 은유의 관심을 받지 못한다. 은유가 시루를 예뻐하는 기미라도 보이면 시루는 아마도 살아남지 못할 것이다. 보호소 내에서도 질서라는 게 있다. 위계도 있고 권력도 있다. 덩치가 크고 강하고 약삭빠른 개들은 더 많이 먹을 수 있고 케이지 안에서도 더 자유로운 시간을 보낸다. 시루처럼 작거나 잘 섞이지 못하는 아이는 종일 우리의 구석진 자리에서 꼼짝을 안 한다. 구석진 자리에 쪼그려 앉아 있더라도 괴롭힘을 당하지 않고 무사하게 넘어가는 날은 드물다. 크기별로 구분해 케이지에 넣기는 하지만 섞여서 생활할 때가 있다. 이유 없이 깨물리기도 하고 할퀴어서 피가 나는 일이 흔했다. 시루가 밖에 나와 은유와 가깝게 지낸다면 어느 순간 덩치 큰 개들이 뛰어와 시루를 낚아채 갈지 모른다. 시루는 은유 방에 갇혀 있고 밖으로 나와서는 멀리서 은유를 바라볼 수밖에 없다. 은유의 보호를 받는 대신 혼자 방 안에 갇히는 대가를 받아들이고 있다, 시루는.

재오와 헤어진 건 시루 때문이었을까. 나보다 시루를 더 많이 사랑하는 것 같아. 재오가 떠나겠다고 말하기 전, 은유에게 머뭇거리며 꺼낸 첫마디였다. 친구로 몇 년을 지냈고 사귀자, 라는 말을 꺼낸 이후 얼마 되지 않았을 때였다. 그래, 그게 물음이었고 답이었다. 고조가 없는 둘만의 시간이 지루하고 어색해졌었다. 시루 핑계를 댄 건 재오에게서나 나올 법한 위트였다고 은유는 생각했다.

재오가 다녀갔다. 헤어진 후 첫 방문이었다. 시루가 꼬리를 흔들며 반겼다. 밖의 우리에서도 컹컹, 개 짖는 소리가 크게 들렸다. 마치 재오를 반기는 것처럼. 시루 때문에 떠난다고, 그런 핑계를 댄 재오는 비겁하다. 고조가 저렇게 누워 있는데 우리 둘만 행복할 수는 없잖아, 라고 말했다면 덜 비겁하게 느껴졌을까.

시루가 재오의 입술에 폭풍 뽀뽀를 했다. 얇고 가는 시루의 혀는 재오의 입술과 코를, 턱을 핥고 또 핥았다. 냄새를 다 핥아 없앤 시루가 재오의 품을 빠져나와 은유의 품에 안겼다. 시루에게서 재오의 냄새가 났다. 재오의 코에서 맡아지던 얄팍하고 인색한 냄새. 차라리 진하거나, 진해서 역겹거나, 처음엔 좋았다가 잠시 후 역해졌다면 그 냄새를 좋아하지 않았을 것이다. 인색하고 얄팍해서 더 간절했던 냄새였다. 시루에게서 아주 짧게 재오의 향이 났다.

익숙한 손놀림으로 재오가 커피를 내렸다. 시루는 재오의 발끝을 졸졸 따라다녔다. 창밖의 잣나무 이파리는 여전히 누르스름했다. 잣송이가 창 아래 가까운 곳에 떨어졌는지 향이 흘러들었다. 떨어질 때 부서졌거나 짓이겨진 잣송이를 코에 대면 머리가 어지러운 독 같은 향이 배어 나왔다. 공기 중에 떠돌다 날아든 향은 부드럽고 향긋했다. 누워 있는 고조의 눈빛에서 보이는 원망과 간절함과 무언가 말하고 싶은 것, 그렇지만 아무런 말도 할 수 없는 고조의 상태가 은유는 독 같다고 여겨졌다.

어렸을 때, 고조는 은유의 청바지가 크고 헐렁해서 다리가 멸치 같아 보인다고 말했다. 은유는 무심코 고조를 밀쳤다. 고조는 보도블록 모서리에 부딪혀 정강이가 찢어졌다. 고조의 정강이에서 피가 흘러 흰색 컨버스 운동화가 빨갛게 물들어갔다. 둘 다 놀라서 두 눈만 뜬 채 잠시 어떤 말도 하지 않았다. 멸치가 아니야, 중얼거리며 은유는 도망쳤다. 고조가 책가방을 들고 절룩이며 은유의 집 앞을 지나가길 오래 기다렸는데 그날은 볼 수 없었다. 고조의 정강이에 크게 흉터가 남았다.

재오가 입은 자주색 칠부바지 아래로 정강이뼈가 도드라져 보였다. 카키색 가죽 스니커즈와 바지의 조합이 잘 맞았다. 재오의 손놀림은 침착하고 정갈했다. 수동식 커피머신에서 떨어지는 탄자니아 AA의 향이 잣 향을 눌렀다. 석 잔을 내리곤 했던 재오는 이제 두 잔만 내려도 될 것이다. 세 사람은 모두 커피를 지나치게 좋아했다. 인터넷에서 커피 맛집을 찾아 200그램씩 주문을 했다. 커피를 마실 때 전문가인 것처럼 맛을 평가하곤 했다. 커피 맛은 자주 달랐고 평가는 크게 다르지 않은 말들로 마무리할 수밖에 없었다. 조금씩 구별되는 맛을 맛 그대로 표현하고 싶었지만 어떠한 낱말로도 적확하지 않았고 매번 비껴갔다.

은유가 재오와 사귀는 사이라는 말을 했을 때, 고조는 적확하게 의미를 짚고 싶었을 것이다. 고조와 재오가 회사 동료로 만난 이후 셋은 오래 친구로 지내왔을 뿐이었다. 고조는 애기를 듣고 표정이 굳어졌다. 말이 적어졌고 술 마시는 속도가 조금씩 빨라졌다. 고조가 쓰러지던 날 셋은 모두 취했고 고조가 더 많이 마셨을 리도 없었다. 많이 마신 술 때문이었는지 충격 때문이었는지 여전히 오리무중이다. 고조는 테이블에 엎드려 잤고 더 오래도록 마시던 재오와 은유가 일어서려할 즈음에 고조는 의자 아래로 쓰러졌다. 둘이서 고조를 부축해 호텔로 옮겼고 끌리는 느낌이 있었지만 분명 고조는 다리에 힘을 주곤 했다.

커피 맛은 좋았다. 고조 눈빛이 달라졌더라. 재오는 누르스름한 잣나무를 바라보며 얘기했다. 은유도 그쪽에 눈빛을 두었다. 창밖 잣나무 잎은 누르스름했다. 키우던 장수풍뎅이 애벌레를 잣나무 아래 묻었던 다음 해부터 잎에 누런 빛이 감돌았다. 고조는 싫증을 잘 냈다. 장수풍뎅이를 몇 달 기르더니 못 키우겠다며 애벌레를 잣나무 아래 묻었다. 물고기도 기른 적이 있었고 자라도 길렀다. 은유와 헤어진 후 재오가 고조에게도 발길을 끊은 줄 알았다. 은유는 묘한 배신감을 느꼈다. 할 말이 있는 사람처럼 내 눈을 오래 바라봐. 무슨 말일까 궁금해. 재오는 혼잣말처럼 다시 중얼거렸다. 시루가 꼬리를 흔들며 테이블 아래에서 은유와 재오를 번갈아 올려다보았다.

처음 잣나무 이파리가 누렇게 변해갈 즈음 나무 아래를 파보았다. 까맣고 부드러운 부엽토 속에 애벌레들이 꿈틀거리고 있었다. 고조가 묻었던 것보다 훨씬 많았다. 은유는 다시 흙을 덮었다. 잣나무와 애벌레는 서로 공생관계를 유지한다고 했다. 애벌레를 모두 없애버리면 잣나무 또한 살아남을 수 없다. 처음부터 없었다면 모르지만 이미 서로 깊숙이 관계를 맺고 있다고 했다. 잣나무 잎이 누렇게 변해가는 걸 보고 조경 전문가에게 물은 적이 있었다. 장수풍뎅이 애벌레가 잣나무 아래 터를 잡았고 잣나무에 가는 양분 일부를 차단하거나 보내는 역할을 한다고 했다. 서로에게 기대면서도 괴롭히는 사이? 잣 열매는 여전히 크고 단단했다.

재오는 커피 두 잔을 다시 내렸다. 커피콩은 고조가 수동 그라인더로 갈았었다. 그라인더가 작아 두 번을 갈았다. 셋이 두 잔씩의 커피를 마시려면 두 번을 갈아야 했다. 은유는 재오가 커피를 갈고 내리는 걸 바라보았다. 셋은 휴일이면 커피를 마시며 잣나무가 보이는 마당을 내려다보며 무슨 얘긴가를 끊임없이 주고받았다. 고조는 출퇴근 시간이 너무 길어서 이사 가고 싶다는 얘기를 자주 했는데 행동으로 옮기진 않았다. 중학교를 졸업하고 고향을 떠나올 때부터 은유는 고조와 함께 살았다. 도심을 한참 벗어난 보호소에 딸린 집으로 이사 올 때 고조와 함께 오는 것이 은유는 당연하다고 생각했다. 재오가 은유를 바라보며 고조에게 같이 갈까? 하고 물었다. 아니. 은유는 거절하고 혼자 병원에 왔다.

은유는 빤히 눈을 뜨고 누워 있을 고조를 떠올리며 소리 나

지 않게 문을 열었다. 잠깐 사이 고조는 잠이 들었다. 큰 한숨
이 절로 튀어나왔다. 고조는 하루의 대부분, 아니 전부를 잠으
로 채운다. 고조의 앞자리 할머니 상태가 위급해 보였다. 예순
이 넘은 아들은 할머니 손을 꼭 잡고 눈물을 흘리며 앉아 있었
다. 아들의 동생인 듯한 남자, 그리고 며느리 혹은 딸인 듯한
여자, 손자인 것처럼 보이는 젊은이까지 할머니 침대 주변에
서 있거나 앉아 있었다. 의사며 간호사가 번갈아 할머니를 살
폈다. 조용하지만 서두르는 기색이 엿보였다. 침대 주변을 커
튼으로 대충 가렸지만 그들의 숨소리까지 들렸다. 여자는 훌
쩍이거나 가늘게 흐느꼈다. 진심이 느껴지는 울음이었다.

　은유는 고조의 손을 잡았다. 살이 조금 더 내려 정맥이 도드
라진 손은 부드럽지만 차가웠다. 만지작거리다 자신도 모르게
꼭 눌렀다. 손을 살짝 빼는 느낌이 들어 깜짝 놀라 고조를 바
라봤다. 잠에 취한 눈빛이었지만 점점 또렷하게 눈동자를 굴
렸다. 무슨 말인가를 하고 싶어 하는 것 같았는데 입이 벌어지
지 않았다. 잘 잤어? 일어났어? 머릿속에서만 무수한 말들이
오갔다. 마주 보는 서로의 눈빛에서 감정이 읽혔겠지만 그건
의심만 더해갈 뿐이었다. 나 지금 불편해, 라고 하는 말을 네
가 미워, 라고 읽을 수도 있었다. 고조가 입을 다물었으니 은
유도 다물었다. 말들은 오해만 더했다. 그런 오해 때문에 숱하
게 싸웠고 숱하게 사과했다. 차가웠던 고조의 손이 따뜻해졌
다. 은유는 손을 꼭 눌러주고 시트 위에 놓았다.

가방에서 책을 꺼내 읽으려다 옆 침대를 바라봤다. 어느새 텅 비어 있었다. 고조에게 신경 쓰는 사이 발소리도 듣지 못했는데 사람들은 사라지고 할머니마저 보이지 않았다. 커튼은 걷혔고 시트마저 벗겨졌다. 반 넘어 들어 있는 링거가 걸려 있고 침대 아래에는 할머니 것이었을 슬리퍼 한 짝이 놓여 있었다. 짧은 순간이었다. 곧 임종을 맞을지도 모르겠다는 생각이 들었고, 고조의 손에서 움직임이 느껴졌고, 잠시 고조를 바라보고 있었을 따름이었다. 병실은 한결 조용했다. 책을 읽는다면 은유의 목소리만 조그맣게 울릴 것이었다.

은유가 읽으려던 책은 복사본이었다. 책 표지와 앞 페이지 몇 장이 뜯겨 나간 책이 있었다. 청록색에 가까웠지만 이미 바래고 낡아가는 뒤표지만 남은 문고본 책이었다. 고등학생 때 고조와 함께 살던 방에 언제부터 그 책이 책장에 꽂혀 있었는지 기억에 없다. 어느 날 은유가 그 책을 읽기 시작했고 그걸 본 고조도 읽었다. 일본이 배경이었고 번역본임이 틀림없었다. 둘의 기억에 오래 남아 있었고 이십대의 어느 날 그 책에 대해 오래 얘기했다. 토막토막 기억나는 내용을 떠올렸고 주인공 이름이 칸나였다는 것도 기억해냈다. 은유는 인터넷을 검색했고 주인공 이름을, 내용을 입력해서 책의 제목을 알아냈다. 이미 절판되었으나 국립중앙도서관에 한 권이 소장되어 있었다. A4 용지에 복사해서 제본했다. 그때처럼 청록색 표지로 갈무리했다. 은유는 첫 문장을 읽으려다 그만두었다. 책을 할머니 침대 끝에 놓인 쓰레기통에 던져버리고 병실을 나왔다. 어디선가 잣 향이 흘러들었다.

피
팅

회사 입구에 도착했을 때 소희의 지프가 주차장으로 들어서고 있었다. 팀장까지는 회사에서 주차할 수 있는 자리를 내주었다. 평사원들은 주차비를 본인이 부담했다. 소희 월급으로 한 달 주차비까지 감당하기는 버거울 것이다. 아니 지프를 끌고 다니는 자체가 불가능해 보였다. 주차장으로 들어서는 흰색 지프는 깔끔한 건물들이 늘어선 논현역 사거리와 잘 어울렸다. 나도 모르게 옷에 밴 냄새를 맡아봤다. 때마침 불어온 눈바람에 날린 머리칼이 얼굴을 휘감았다. 할퀴듯 눈을 때렸다. 눈물이 날 것 같았다.

　디자인실에 들어서자 하나 실장이 불렀다. 가방도 내려놓지 못한 채 실장 자리로 다가갔다.

"오늘 입어야 할 옷들이 산더미인 거 알지? 지연 씨 혼자 모두 입어야 하는 것도. 지금부터 시작하자."

갑자기 억울한 생각이 들었다. 왜 내가 아직도 피팅 모델을 해야 하지? 소희는 아직 안 올라왔다. 주차하느라 시간이 걸리는 모양이었다. 소희 자리를 흘겨봤다. 나는 가방을 자리에 던지듯 놓고 실장의 행거를 찾았다. 행거에는 전날 픽스해놓은 옷들이 잔뜩 걸려 있었다. 내일 있을 SS 시즌 품평회에서 입을 옷들이었다.

"행거 가지고 따라와."

부자재를 가득 안은 하나 실장이 피팅실로 들어가며 말했다. 외투를 의자에 걸쳐둔 채 행거를 밀고 피팅실로 갔다. 막 도착한 소희도 카메라를 들고 따라 들어왔다.

행거에 걸려 있던 블라우스와 스커트를 꺼내 갈아입었다. 바느질이 되어 있는 곳은 얼마 되지 않았고 나머지는 시침핀으로 꽂아놓았다. 샘플 작업 중인 옷이라 대부분 시침핀으로 핏을 잡아놓았다. 겨드랑이에 꽂아놓은 실크 핀이 슬쩍슬쩍 살갗을 건드렸다. 하나 실장이 블라우스를 매만지며 핀을 뽑았다가 다시 꽂고 옷감을 당겼다가 자르기도 했다. 블라우스 옆선 핏을 수정하다 핀으로 살을 집었다. 핀에 집혔던 통증이 사라지기도 전에 다시 손목을 찔렀다. 나는 살아 있는 마네킹처럼 이용되는 피팅 모델 역할에 충실했다. 아파도 참았다. 실크 핀은 섬세한 옷감에 쓰였고 시침핀 중에서도 가장 가늘었다. 조금 더 굵은 진주 핀은 묵직한 통증이지만 실크 핀에 찔리면 소스라치게 아팠다. 하나 실장은 핏을 수정하느라 옷을 찌르는지 내 몸을 찌르는지 모르는 것 같았다.

"몸을 꼿꼿하게 좀 세워봐."

고개를 숙인 채 스커트 단 핏을 잡고 있던 하나 실장이 벌게진 얼굴을 들어 올리며 말했다. 핀을 피하느라 나도 모르게 움츠리고 있었던 몸을 쭉 폈다. 십오 센티 하이힐을 신고 퍼프소매 블라우스와 플리츠스커트를 입은 내가 거울 앞에 서 있었다. 타이트한 몸 선, 풍성한 소매 라인 블라우스는 모던하면서도 클래식했다. 펑키하면서도 디테일한 블라우스와 화려한 스커트는 우아하고 여성스러웠다.

플리츠스커트에 굵은 체인벨트가 어울리지 않는다는 걸 알면서도 실장은 포기하지 못하고 소희에게 들고 있게 했다. 곧 스커트 위에 스타일 벨트를 걸쳤다 풀었다 할 것이다. 하나 실장이 옷 벗자, 할 때까지 겨드랑이를 찌르는 핀을 나는 견뎌내야 한다. 소희는 린넨 소재 가방과 스타일 벨트를 들고 노래라도 부를 것 같은 표정으로 눈 오는 창밖을 바라보며 서 있었다. 손가락에 세 개씩 반지를 끼고 귀에도 두 개의 반지 모양 이어링을 했다. 핀으로 찌르는 아픔을 모르고 편안하게 서 있는 소희를 마뜩잖게 바라보았다.

창밖에는 눈이 내리고 있었다. 아침에 집에서 나올 때도 눈이 내렸다. 오래되고 낡은 대문은 열 때마다 소리가 크게 났다. 요령껏 조심해서 열어야 하는데 힘 조절을 잘못해 훅 하고 열려버렸다. 문 열리는 소리는 더 크게 났고 몸이 쏠리면서 넘어질 뻔했다. 넘어지려는 순간 다행히 손잡이를 움켜잡았다. 대문을 나섰는데 얇은 눈이 가파른 내리막길을 덮고 있어 한숨부터 나왔다. 아직 누구의 발자국도 없었다. 미끄러지기 딱 좋은 상태였지만 넘어지지 않을 자신은 있었다. 어렸을 때부터 다니던 익숙한 길이었다. 벽에 손을 짚고 내려가기 시작했다. 담장 위에 박힌 유리 조각에도 눈이 내려앉아 있었다. 담장은 내 머리 높이를 넘지 않았다. 눈에 반쯤 묻힌 유리 조각은 보석처럼 맑았다. 손바닥으로 담장 위 눈을 쓸어내리고 싶었다. 걸음을 멈추면 상처 따위 개의치 않고 그렇게 할 것 같아 서둘러 걸음을 옮겼다. 눈이 더 쌓인다면 퇴근길도 쉽지 않을 것이다. 소희는 어떤 마음으로 눈 오는 창밖을 보고 있을까.

디자인실 막내로 취업하고 피팅 모델과 디자이너들 심부름을 하면서 수습 기간을 보냈다. 후임을 손꼽아 기다렸는데 소희가 들어왔다. 소희는 심부름은 지나치게 잘했는데 키가 작았다. 작은 키는 디자이너로서 결격 사유 같은 거였다. 디자인 샘플들은 직접 입어봐야 문제점도 알게 되고 문제를 바로잡을 수도 있었다. 시즌마다 디자인한 옷들이 나오면 디자인실 막내는 피팅 작업을 했다. 그래서 키가 작은 디자이너는 잘 뽑지 않는데 소희가 들어왔고, 여전히 나는 막내가 맡는 피팅 모델을 하고 있었다.

밟으면 꿈틀할 겨를도 없이 으깨져버릴 것 같은 작은 애벌레 같았다. 그런 소희가 노래라도 부를 것 같은 맑은 표정이라니. 그런 사람들은 아침 출근길 지하철 안에도 가득했다. 무표정한 얼굴로 멍하게 서 있는 사람들. 그들에게서 풍겨 나오는 냄새가 옷에 붙어 온종일 나를 따라다니는 것만 같았다.

오늘 아침에도 지하철은 사람들로 그득했다. 오래 묵은 옷 냄새며 아침에 먹은 음식 냄새가 흘러넘쳤다. 밖에서 차고 센 바람을 맞았을 텐데 날아가지 않고 냄새는 옷에 짙게 배어 있었다. 나는 사람들에게 밀려서 비좁게 포개어 설 수밖에 없었다. 앞에 있는 여자 머리에서 역겨운 냄새가 풍겼다. 며칠째 머리를 감지 않은 듯한 여자의 얼굴이 보고 싶었지만 움직일 여유가 없었다. 고개를 돌리자 나이 많은 남자의 목이 코앞에 닿았다. 나는 눈을 꼭 감고 숨을 참았다.

한 시간을 이리저리 밀리며 버텨냈다. 지하철에서 떠밀리듯 내렸다. 사람들이 얼른 빠져나가기를 기다리며 나는 천천히 걸었다. 냄새에서 벗어났지만 매캐한 먼지가 입과 코를 공격했다. 몸에 밴 냄새를 디자인실까지 끌고 가고 싶지 않았다. 디자이너 중 막내인 소희까지 자기 차로 출퇴근했다. 그들의 몸에서는 집에서 나올 때 뿌렸을 향수와 화장품 냄새가 진하게 배어 있었다. 긴 머리카락이 풍성하게 움직일 때마다 연한 샴푸 냄새까지 흘러나왔다. 한 시간 넘게 지하철에서 시달린 내게서는 그들과 다른 냄새가 날 것 같아 회사까지 천천히 오래 걸어서 갔다.

블라우스를 벗을 때, 튀어나온 핀이 팔을 긁었다. 피가 배어 나오진 않았는데 찰과흔이 긴 줄처럼 이어졌다. 피가 배어 나와도 실장은 눈길조차 주지 않을 것이다. 핀으로 잡아놓은 핏이 흐트러질까 봐 다른 것은 살필 겨를이 없다. 내가 큰소리로 비명을 지르더라도 잠깐 돌아볼 뿐 미안한 표정조차 짓지 않을 것이다. 소희가 미안한 표정으로 나를 바라볼까.

허물을 벗듯 내가 아무렇게나 팽개쳐놓은 옷을 소희가 정리해 하나씩 행거에 걸었다. 옷에서 삐져나온 핀에 찔리는지 가끔 움찔거리기도 했다. 피팅 모델이 될 수 없으니 피팅 모델 조수 노릇은 열심히 했다. 벗은 옷이 산더미처럼 쌓여 있어도, 옷과 함께 걸쳤던 부자재를 아무렇게나 던져놓아도 깔끔하게 정리했다. 소희에게 화가 날 때는 옷과 매치했던 패션 브로치나 목걸이를 입었던 옷 주머니에 넣거나 창고에다 감춰버렸다. 그걸 찾지 못해 소희가 디자이너에게 혼나는 걸 보면서도 모른 체했다.

소희는 디자이너들이 맡긴 핀쿠션에 핀을 빽빽이 채워놓았다. 품평회 전날은 소희가 핀쿠션에 핀을 수백 개씩 꽂아놓았으나 순식간에 사라지곤 했다. 사라진 핀은 옷을 입는 나를 찔러댔다. 옷을 입고 벗을 때 꽂힌 핀에 스치고 할퀴고 찔렸다. 핀쿠션에 핀을 꽂는 소희를 볼 때마다 나를 찌르려고 하는 건 아닌지 불길한 생각이 스쳤다. 핀쿠션에서 뽑힌 핀들은 내가 입던 옷에 꽂혀 있었다. 소희가 내 손등을 핀쿠션 삼아 한꺼번에 수백 개의 핀을 푹 꽂아버리는 상상을 했다. 내 손등이 한 개의 핀쿠션이 되었다. 핏을 잡을 때 손등에 둥글게 꽂힌 핀을 하나씩 뽑아 쓰면 되겠어. 디자이너들이 자신의 손등을 핀쿠션 삼아 쓰면 소희는 핀 꽂는 일에서 벗어나게 될까. 수백 개의 핀이 내 손등에 꽂혀 있었다면 그날의 일은 일어나지 않았을까. 핀을 한꺼번에 뽑아 휘둘렀다면.

　퇴근 후 집으로 돌아가던 길이었다. 회사에서 늦게까지 드로잉 연습을 하다 시간 가는 줄 모르고 있었다. 지하철이 끊길 시각에야 자리에서 일어났다. 집은 지하철역에서 내려 좁은 골목을 따라 십오 분쯤 걸어 올라가야 한다. 오가는 사람도 많지 않다. 한적하게 자리한 산 아래 동네 골목 끝에 집이 있었다. 그날은 비가 내렸다. 작은 놀이터 옆길을 걷고 있을 때 누군가 내 팔을 잡아챘다. 곧장 단단한 무언가에 걸려 넘어졌다. 비명을 지를 사이도 없이 입이 틀어막히고 치마가 걷어 올려졌다. 술에 절어 있는 내장에서 흘러나올 듯한 역겨운 악취가 맡아졌다. 무력하게 당하고 있던 순간 반지 생각이 났다. 반지만은 빼앗기고 싶지 않았다. 몰래 반지를 빼내 모래 속에 감췄다. 누군가의 말소리가 가깝게 다가오자 바위처럼 누르던 무게가 갑자기 사라졌다.

　대학에 입학하고 첫 미팅에서 만난 남자를 졸업 전까지 사귀었다. 그 남자가 사준 반지였지만 헤어지고도 반지는 갖고 있었다. 그 남자와 무관하게 반지는 내 손가락에 스며들어 있었다. 가끔 그 사람이 생각나긴 했지만 아쉽지도 않았다. 실컷 사랑하고 싸우고 지겨워져 헤어졌다.

어둠이 가시지 않은 새벽에 모래 속에 묻어둔 반지를 찾으러 갔다. 손전등을 들고 날이 환해질 때까지 찾았지만 보이지 않았다. 언니, 엄마와 함께 모래 속을 샅샅이 뒤졌다. 나중에는 반경을 넓혀 멀리까지 찾아보았는데 어디에도 없었다. 무언가가 썩는 듯한 냄새의 흔적은 남았는데 반지는 사라졌다.

하나 실장의 의상 피팅을 마치기도 전에 디자인실 헤드인 이사가 행거를 끌고 피팅실로 들어왔다. 행거에는 옷이 대여섯 벌 걸려 있었다.

"이 옷은 내가 입을게."

이사는 손에 들고 있던 옷을 흔들며 말했다. 이사는 자신이 먼저 옷을 입어보고 그다음에 나에게 입혔다. 품평회가 아니라면 이사는 스스로 피팅 모델이 되었다. 자신이 디자인한 옷은 스스로 입어봤을 때 가장 잘 알 수 있는데 디자이너들은 왜 막내들에게 옷을 입히는지 이사는 이해할 수 없다고 했다. 디자이너로 회사에 들어왔으면 디자인을 하게 해야지 막내들에게 심부름만 시키고 피팅 모델로 하루를 보내게 한다며 아쉬워했다. 회사와 개인에게 큰 손실이라고 했다. 헤드 이사처럼 여기는 디자이너는 흔치 않았다.

핀이 꽂힌 자리를 손으로 잡고 춤추듯 유연한 몸놀림으로 이사는 옷을 걸쳤다. 핀은 몇 개 없었고 대부분은 바느질이 되어 있었다. 거울을 보며 스스로 핀을 빼고 다시 꼽으며 손질했다. 옷에 핀이 많지 않았고 핀이 꽂힌 부분도 바느질이 된 듯 매끄러웠다.

헤드 이사는 미국에 있는 패션 학교 출신이었다. 키가 좀 작긴 했지만 비율과 핏이 좋았다. 소희는 키도 작고 어깨도 넓었다. 넓은 어깨는 여성스러운 옷을 입을 때 밸런스가 맞지 않아 핏을 어그러뜨렸다. 이십 센티 킬힐을 신어 키는 높일 수 있어도 넓은 어깨는 어쩌지 못했다. 그에 비해 나는 좁지도 넓지도 않은 어깨, 말랐다는 느낌보다는 살이 없지 않은 정도의 몸, 백육십오 센티의 키, 옷으로 가는 시선을 빼앗지 않을 만큼의 단정한 얼굴까지 갖고 있었다. 피부 톤이 약간 어두웠는데 매력으로 보일 때가 더 많았다. 디자이너들은 나를 피팅 모델로 최적이라고 했다. 나에게 부족한 것은 디자인 도식화를 뽑아내는 드로잉 실력이었다.

"이거 한번 입어봐줄래?"

옷을 갈아입은 이사가 행거에 걸린 옷을 나에게 건넸다. 이번 SS 시즌에 준비한 가장 핫한 디자인이었다. 파리 컬렉션에서 가장 많이 선보였던 스타일에 약간 변형을 주면서 자사 디자인 트렌드를 입힌 셋업룩이었다. 삼사십대 여성을 겨냥한 백화점 브랜드 셋업룩이라 한 벌에 백만 원이 훌쩍 넘었다.

디자이너들은 대부분 고가 브랜드 옷을 입었고 명품 가방을 들고 다녔다. 시즌이 바뀔 때마다 액세서리도 사들였다. 관심 분야이다 보니 소비 패턴이 그렇게 물들어가는 것 같았다. 적지 않은 연봉 대부분을 명품 구매에 쏟아부었다. 잦은 이직으로 경력을 쌓아갔고 연봉을 높였다. 그들의 목적이 명품이 아닌지 궁금할 때가 많았다. 소희도 명품은 아니어도 백화점 브랜드를 입고 다녔다.

언젠가 피자를 먹으면서 소희가 하나 실장 블라우스에 음료를 쏟았다. 구찌 실크 블라우스였다. 실장은 괜찮다고 했지만 내가 몰아붙였다. 소희는 창고 정리는 완벽하게 하는데 차분한 성격은 아니었다. 하나 실장은 디자인실에 있던 샘플 옷으로 갈아입었고 소희는 실크 블라우스를 세탁소에 맡기러 갔다. 디자이너들이 피자는 먹고 가라고 달랬지만 그냥 나가버렸다.

헤드 이사 옷을 입을 때는 핀에 찔리는 경우가 드물었다. 핀을 꽂는 자기만의 요령이 있는 건지 옷을 입고 벗을 때도 긁히거나 찔린 적이 거의 없었다. 등에서 핀을 옮겨 꽂는 게 느껴졌지만 나는 느긋했다. 오히려 한번쯤 찔려도 괜찮은데 하는 여유도 있었다. 가볍고 섬세한 수입 원단의 질감이 부드럽게 몸을 감쌌다. 이런 옷을 입고 출근하게 되는 날이 있을까. 거울에 비친 나는 시크하고 세련된 직장 여성처럼 보였다. 핀이 꽂힌 가봉 핏이었지만 그것마저 디자인인 듯 뉴욕 패션 위크 무대에서도 손색없을 만큼 멋진 옷이었다. 촤륵 촤륵, 쉴 새 없이 소희가 카메라 셔터를 눌렀다.

셋업룩 수석팀장의 옷 피팅까지 마치고 디자이너들은 점심을 먹으러 밖으로 나갔다. 나와 소희는 미리 사두었던 샐러드와 커피로 디자인실에 남아 식사를 했다. 입사는 소희가 늦지만 나이는 같았다. 점심에는 다이어트에 좋은 샐러드를 주로 먹었다.

"지연아, 톡 보냈어."

샐러드를 입으로 가져가며 소희가 말했다.

"무슨?"

"내가 우연히 발견했어."

소희가 활짝 웃으며 나를 바라봤다. 야쿠자가 갑자기 사라지는 이유 열 가지, 라고 적힌 글을 캡처해서 톡으로 보내왔다. 이게 뭐지? 한참을 말없이 들여다보았다. 온몸에 열이 솟구쳐 오르는 걸 느끼며 앉아 있었다. 왜 보낸 거지.

"내가 읽어줄게. 첫번째는 동료를 배신해서 살해된 경우. 두번째는 조직을 위해 살인하고 감옥에 가 있는 경우. 세번째는 다른 조직에게 쫓겨서 몸을 숨긴 경우."

"그만해."

단호한 내 목소리에 깜짝 놀란 소희가 뜨악하게 쳐다보았다.

친구들과 이태원 클럽에 갔을 때 그를 만났다. 예전엔 야쿠자였지만 그 생활을 청산하고 장인이 경영하는 회사에서 일을 도와주고 있었다. 물감 만드는 회사였고 한국에 출장을 자주 왔다. 네 번 만났는데 이후 거짓말처럼 사라져버렸다. 내가 알고 있는 건 그의 전화번호와 등에 새겨진 문신뿐이었다. 여러 번 전화했는데 받지 않았다.

디자이너가 되고 일본 출장을 두 번 다녀왔다. 경력이 쌓인 선배 디자이너들은 프랑스나 이탈리아로 일 년에 한 번씩 다녀오곤 했다. 일본에 출장 가기 전 일본어를 열심히 공부했다. 간단한 대화를 주고받을 수 있을 만큼 되었을 때 그를 만났고 덕분에 일본어 실력이 더 많이 좋아졌다.

처음 만난 날 그는 문신을 자랑스럽게 내보였다. 물고기들이 등과 팔 전체에서 꿈틀댔다. 등에서부터 회오리처럼 퍼져나가는 물결이 물고기들을 휘감고 있었다. 회오리치는 물결 틈에서 물고기들은 부드럽고 날렵하게 헤엄쳐 다녔다. 꼬리에서 흩어지는 물방울은 밖으로 튕겨 나올 것 같았다. 힘차게 몰아치는 물속 세상이 그의 등에 옮겨져 있었다. 푸른 물감으로 그린 물속은 생동감 있고 잔인했다. 땀에 번들거리는 등을 만질 때면 푸른 물감이 내 손을 물들였다. 물고기가 날카로운 이빨로 손가락을 깨물었고 사나운 물결에 휩쓸려 아득해졌다. 나는 물고기를 휘감은 물결을 붙잡으려 안간힘을 썼다. 날렵하게 헤엄치던 물고기가 거칠게 나를 파고들었다.

그와 헤어지고 소희 앞에서 몇 번 눈물을 보였다. 많이 힘든 만큼 위로받고 싶었다. 피팅 하느라 힘들어 오전 내내 말이 없었는데 소희는 그 남자 때문이었던 것으로 착각한 것 같았다.

"이게 뭐야?"

"네가 너무 힘들어하는 것 같아서."

"날 위로하느라 보낸 거라고?"

입사 한 달 후부터 소희는 지프를 타고 출퇴근했다. 디자이너로 입사하면 몇 년 동안은 선배들 심부름이나 피팅 모델로 수습 기간을 보내야 한다. 소희는 키가 작아 피팅 모델을 할 수 없었고 그래서 취업하기도 힘들었을 텐데 대학 졸업도 하기 전인 9월부터 출근했다. 회사 총괄 전무가 소희 아버지 친구라는 소문이 돌았다. 어려움을 모르고 자라서인지 눈치도 없었다.

어릴 때부터 내 꿈은 패션디자이너였다. 서울 외곽의 가난한 산동네. 아버지가 고향에서 올라와서부터 살던 곳이었다. 아버지는 지금도 그곳을 벗어나지 못했다. 그런 형편이니 나에게 미술 학원비까지 지원해줄 능력이 없었다. 나는 패션디자인학과가 아닌, 실기시험을 치르지 않아도 입학이 가능한 의상학과를 지원했다. 실기시험을 치르고 입학했던 친구들과 드로잉에서 많이 차이가 났다. 스케치를 잘할 수 있어야 디자인도 잘하는데 나는 드로잉이 서툴렀다.

소희는 중학교 때부터 미술학원에서 스케치를 배웠다. 드로잉은 누구보다 잘했지만 제품 디자인을 맡기지 않으니 아직은 쓸모가 없었다. 인터넷으로 모델들 사진을 찾아 디자이너들이 도식화를 시키면 소희는 빠르고 멋지게 스케치했다. 나는 두세 시간씩 머뭇거리며 만지작대기만 했다. 가끔 소희가 내 스케치를 도와 완성해주기도 했다.

"네가 많이 슬퍼하는 것 같아 빨리 잊어버렸으면 좋겠다고 생각했어. 힘들어할 필요가 없는 사람이라는 걸 알려주고 싶었고."

"우유 먹고 키나 크시지. 어깨도 좀 욱여넣고."

먹던 샐러드를 팽개치고 일어섰다. 다시 피팅실로 들어갔다. 피팅실은 벗어놓은 옷가지와 떨어져 구르는 실크 핀과 진주 핀들, 쌓여 있는 부자재들이 어지럽게 널려 있었다. 하나 실장이 디자인한 재킷의 브로치를 바닥에서 주웠다. 큐빅이 박힌 가는 링 여러 개가 서로 엇갈려 맞물린 화려한 패션 브로치였다. 차르릉, 링끼리 서로 부딪치며 맑은 소리를 냈다. 링을 하나씩 빼내 손가락에 끼우면 열 손가락을 다 채우고도 남을 것이다.

그를 두번째 만났을 때였다. 그날 갔던 클럽에서 멀지 않은 곳이었다. 흑인 여자가 작은 목재 좌판에 이국적인 반지와 목걸이들을 펼쳐놓고 있었다. 중년의 남자가 부인인 듯 보이는 여자에게 목걸이를 사주려고 고르는 중이었다. 여자는 이것저것 목에 걸어보다 몇 개 골랐다. 외국인 남자가 멀지 않은 곳에서 담배를 피우며 그 모습을 지켜보았다. 거리는 추위를 피해 바삐 걸어가는 사람들로 붐볐다. 그가 좌판에서 반지를 골라서 내 손에 끼워주었다. 한 개로는 부족했는지 네 개를 끼워줬다. 비어 있던 손가락이 가득 찼다.

브로치를 바지 주머니에 넣었다. 하나 실장이 잘 챙겨두라고 말했던 게 떠올랐다. 지나치게 심플했던 재킷에 이 패션 브로치는 디자인의 완성처럼 느껴졌다. 소희는 잘 챙겨두었다고 여겼을 것이다. 디자이너들에게 자주 야단맞으면서도 덜렁대는 성격은 안 고쳐졌다. 품평회장에서 이 브로치가 없다면 다른 브로치로 대체는 하겠지만 뒷일은 알 수 없었다. 품평회 결과가 좋지 않으면 화는 더 클 수밖에 없다. 모든 화풀이를 소희가 다 받아야 할지도 몰랐다.

디자이너들은 해결하기 어려운 일에 부딪히면 자기 아래 디자이너에게 떠넘기는 일이 많았다. 옷 한 벌이 만들어지기까지 디자인실부터 소재실, 개발실, 생산부 그리고 외부 업체까지 모두 얽혀 있었다. 그래서인지 문제가 생기면 책임지려는 사람이 없었다. 중간 역할을 맡겼던 막내 디자이너에게 모두 떠넘겼다. 막내는 종일 시달릴 수밖에 없었다. 그런 고통이 막내가 겪어야 하는 전부이기도 했다. 나는 소희의 짐을 더 얹어주거나 덜어내기도 했다. 주머니에 들어 있던 브로치를 내 자리로 돌아와 가방 깊숙한 곳에 감췄다.

오후 피팅은 데일리룩 파트부터 시작했다. 내가 제일 꺼리는 은실 팀장 옷을 입었다. 그녀는 손이 섬세하지 않아 스케치도 투박했고 가위질도 거칠었다. 은실 팀장은 겨드랑이 선 옷감을 잘라내고 더 타이트하게 실크 핀을 꽂았다. 목선이 예쁘지 않다며 다시 원단을 잘라냈다. 귓가에서 슥삭슥삭, 가위질 소리가 신경을 예민하게 건드렸다. 핀에 찔리는 것은 참았지만 가위 끝이 피부를 건드리는 건 너무 싫었다. 날카롭게 파고드는 차가운 금속성 느낌은 견딜 수 없었다.

바로 위 선배 디자이너는 어느 날 병원에 다녀온다고 나가서 돌아오지 않았다. 회사 사람들의 연락처를 차단했고 가장 가깝게 지내던 디자이너 전화도 받지 않았다. 자기 물건은 주말에 와서 찾아갔다. 자리에 앉을 새도 없이 하루에 백번쯤 이름을 불리며 심부름만 했던 그녀가, 피팅 모델을 하며 핀에 찔리는 것까지 다 참아낸 후 기본 의류 디자인을 막 시작했을 즈음 사라졌다. 그녀의 마음을 알 수 있을 것 같았다.

은실 팀장이 들고 있는 가위가 어디로 갈지 몰라 긴장됐다. 벌써 두번째 가위질을 하고도 손에서 놓지 않았다. 솜씨가 없으니 옷을 입혀놓고 하는 가위질이 많았다. 가위를 든 채 핀을 옮겨 꽂다가 가위가 내 손등을 스쳤다.

"아악."

필요 이상으로 비명을 질렀다. 상처는 나지 않았지만 붉은 줄이 생겼다. 고개를 힘껏 들고 천장을 노려보았다. 보이는 건 오직 흰색 보드 마감 천장뿐이었다. 목과 눈에 힘이 들어가니 오히려 피로감이 덜어졌다. 자질구레한 것들이 꽉 들어찬 피팅실이 보이지 않게 되자 편안해졌다.

"아, 미안해."

전혀 미안해하지 않는 목소리. 호들갑을 떤다면 오히려 이상할 것이다. 호들갑스럽게 미안해하는 디자이너를 본 적이 없다. 휴지라도 떨어뜨린 듯 아무렇지 않게 슬쩍 바라보고 지나쳤다. 상처와 고통은 피팅 모델 몫이었다.

소희가 봉제실에서 행거 가득 옷을 가져왔다. 절반쯤은 바느질이 되어 있고 절반쯤은 실크 핀으로 핏을 잡아놓았을 것이다. 옷을 입고 핏을 잡고 다시 봉제실에서 바느질을 해도 품평회 날에는 여전히 많은 핀이 옷에 꽂혀 있었다. 품평회 자리에서도 핀을 옮겨가며 핏을 수정했다. 바느질은 메인 선만 주로 했다. 바쁘게 옷을 입고 벗고 하다 보면 핀을 신경 쓸 겨를이 없다. 찔리거나 긁혀도 아픔을 크게 못 느낀다. 회사 임원들과 각 부서장들 그리고 불안한 디자이너들. 긴장된 분위기의 품평회장은 한꺼번에 오르는 열기로 가득 찼다. 긴장감이 도는 들뜬 분위기가 아픔도 무감각하게 만들었다.

품평회를 마치고 나서야 옷감에 쓸리고 핀에 찔리고 긁힌 상처들이 보였다. 품평회 결과가 좋으면 아프다는 투정도 했다. 반응이 좋지 않고 디자인실 분위기가 가라앉아 있으면 아픈 티를 낼 수 없었다. 품평회장에서 고성도 오가고 얼굴도 붉히고 자리를 박차고 일어서는 사람도 있었다. 결과가 좋지 않으면 발표했던 디자인을 갈아엎고 새롭게 해야 한다. 다시 해도 결과가 좋다는 보장은 없다. 그렇게 되면 그 시즌 매출이 줄어들고 디자이너들은 하루하루가 가시방석이다. 누군가는 회사를 떠나야 하고 책임을 져야 한다. 되풀이되는 긴장 때문에 디자인실은 차분해질 수가 없고 서로를 괴롭히는 악순환이 연속됐다. 그 속에서 살아남으려면 강하고 독해져야 한다.

"강하고 독해져야 할 것 같아."

언니가 했던 말이다. 형부의 장례식 날 화장장에서 천장만 올려다보고 있던 언니가 조용히 말했다. 정기검진을 받은 후 정밀검사에서 형부는 시한부 삼 개월 진단을 받았다. 예고된 날에서 이십 일쯤 더 살았다. 이십 일쯤 더 살아서 형부에게 좋았을까, 아니면 언니에게? 그것도 아니라면 조카들이 좋았을까. 형부는 점점 의식이 희미해져 갔고 통증도 심해졌으며 말수는 줄어들었다. 곁을 지켰던 언니는 아이들 돌보랴 형부 돌보랴 점점 말라갔다.

의사는 입원이 의미가 없다며 퇴원해서 집에서 지내라고 했다. 형부 고향이고 어머니가 있는 강원도에 일주일쯤 내려가 있었다. 어머니가 힘들다며 형부에게 돌아가라고 했다. 어머니 부탁도 있었으나 형부는 아이들이 보고 싶다며 집으로 돌아왔다. 형부의 어머니는 오래전 떠났던 자식이 불편했던 걸까, 힘들어하는 자식을 볼 수 없었던 걸까. 돌려보낸 이유가 오래도록 궁금했다.

고등학생 때부터 만나기 시작했던 언니와 형부가 결혼을 앞두고 점집에 갔었다. 둘이 결혼하면 삼 년 후 남편이 죽는 다고 했다. 오래 사랑했던 연인이 그런 말에 휘둘려 헤어지지는 않을 것이다. 두 아이가 연년생으로 태어났고 둘째를 낳은 지 삼 개월 만에 형부는 말기 폐암 진단을 받았다.

소희에게 그 얘기를 했더니 함께 점집을 가자고 했다. 예약하고 육 개월을 기다려서 점술가를 만났다. 한 명씩 방으로 들어갔는데 문틈으로 말소리가 새어 나오기도 했다. 웬일인지 소희에게는 좋은 말만 했고 나는 좋은 말은 한마디도 못들었다. 점술가에게 들은 얘기를 소희가 노트를 뒤적여 가며 들려줬다. 나는 한마디도 하고 싶지 않아 입을 꾹 다물었다.

모두 퇴근하고 혼자 남았다. 바쁜 날이라 모두 늦은 시각에 퇴근했지만 나는 더 늦게까지 남아 있고 싶었다. 자리에 앉아 비어 있는 작업일지를 꺼냈다. 헤드 이사의 지난 시즌 작업일지도 펼쳤다. 지난 FW 시즌에 판매량이 가장 좋았던 오피스룩 패션 도식화였다. 캐시미어와 울 소재가 섞인, 활동성과 보온성을 추구한 필수 아이템 디자인이었다. 옷의 앞면과 뒷면이 떨어져 있지 않고 자연스럽게 겹쳐 그려져 있었다. 선의 굵기가 일정하고 곡선이 부드럽게 흘러내렸다. 디자인이 복잡하지 않아 드로잉 연습에 적합했고 기본 핏 디자인이어서 연습용으로 좋았다. 이사의 도식화를 아래에 놓고 그 위에 빈 작업일지를 겹쳐놓았다. 연필로 도식화를 베끼고 다시 굵은 펜으로 선을 그어 볼륨을 입혔다. 똑같은 디자인을 다섯 장 그렸다.

드로잉이 부족한 나는 모두 퇴근한 빈 사무실에서 이사나 실장들 도식화를 그대로 옮기는 연습을 했다. 패션 위크에 나왔던 모델 사진을 주며 도식화를 떠오라고 하면 나는 두 시간을 열심히 그렸다. 선이 비뚤어지고 전혀 다른 옷이 나왔다. 소희는 순식간에 멋지고 정확하게, 자기만의 색까지 더해 디자인했다. 소희의 드로잉은 이사의 선과 닮았다. 모두가 퇴근한 사무실에 남아 열심히 드로잉 연습을 해도 내 실력은 늘지 않았다.

책상 위에 지우개 가루가 수북했다. 소희는 다른 사람들보다 일찍 출근했다. 먼저 자기 커피를 내리고, 커피가 내려지는 동안 디자인실 책상을 청소하고 피팅실 전신 거울을 닦았다. 중앙 회의 테이블과 이사 테이블 정리까지 마치고 식어버린 커피를 들고 자기 자리에 앉았다. 나에게는 이미 과거가 된 일상이었다. 소희에게 들키는 게 싫어 지우개 가루를 말끔히 쓸어 쓰레기통에 버렸다.

청소 시절을 벗어난 나는 지난 FW 시즌부터 처음으로 바지와 치마를 디자인했다. 매 시즌 출시하는 기본 디자인을 약간 변형하는 수준이었지만 내가 스케치한 디자인은 너무 형편없었다. 수십 번 그리고 다시 고쳐 그렸지만 결국 수석팀장이 매만지고 나서야 컨펌이 떨어졌다. 이번 SS 시즌에도 수석

팀장이 스케치를 매만져주어 치마와 바지 그리고 원피스까지 디자인할 수 있었다.

내 행거에는 꽃무늬 원피스와 데일리 바지 그리고 A라인 스커트까지 차례로 걸려 있었다. 치마부터 입어보았다. 봉제를 이미 마친 것처럼 걸리는 핀 없이 쉽게 들어갔다. 치마에 어울리는 블라우스까지 도식화를 그렸는데 컨펌이 떨어지지 않아 디자인을 포기했다. 바지는 봉제선이 더 많은데도 핀 닿는 곳 없이 쑥 들어갔다. 벗을 때도 걸리는 것이 없었다.

원피스를 입어보았다. 헤드 이사가 네이처 무드 톤의 트렌드리스 스타일로 디자인해보라고 했었다. 아이보리 톤의 린넨 원단은 풀잎 색과 우드톤의 깊은 자연색이 수수하게 섞였고 붉고 자잘한 꽃무늬가 돋보였다. 아래로 갈수록 풀잎 색이 진해졌고 윗부분은 붉은 꽃이 휘날리듯 흩어져 포인트가 도드라졌다. 린넨 소재 특유의 색 번짐이 꽃과 잎과 가지의 경계를 부드럽게 해, 마치 잘 그린 한 그루 나무 같았다. 나는 사라지고 나무 한 그루가 거울 앞에 서 있었다.

원피스도 핀의 흔적이 전혀 느껴지지 않았다. 바느질된 듯 핏이 잘 맞아떨어졌다. 핀에 찔리고 긁혔던 기억을 떠올려 몸의 라인을 잡고 핀을 꽂았었다. 헤드 이사 옷을 입었을 때처럼 편안하고 느낌이 좋았다. 피팅 모델을 오래 하다 보니 핀을 어느 곳에, 어떻게 꽂아야 핏이 살고 입고 벗기 편한지 깨닫게 되었다. 피팅했을 때 디자인이 좋고 편했던 옷은 생산

후에도 판매 결과가 좋았다.

　품평회가 있는 날은 겨드랑이에 울긋불긋 핀 자국이 많았다. 눈으로 확인할 수 없는 등이나 목에도 긁히거나 찔린 핀 자국이 생겼다. 보이지 않는 곳이었지만 아프고 쓰라렸다. 아프고 쓰린 경험들이 몸에 스며들어 디자인할 때 자연스럽게 그런 부분들을 염두에 두게 되었다. 몸의 기억을 손이 받아들여 핀을 꽂을 때나 스케치할 때 나도 모르게 튀어나왔다. 내 몸이 패션 도식화가 되었으니 드로잉 연습은 이제 안 해도 될 것 같다.

　우당탕 소리가 났다. 소희 책상 옆에 있던 행거가 넘어졌다. 아래 놓여 있던 휴지통이 행거에 부딪쳐 멀리 날아갔다. 품평회에 쓰일 가방이며 벨트, 브로치와 액세서리들이 바닥에 흩어졌다. 부자재들이 잔뜩 걸려 있던 행거가 균형을 잃고 저절로 쓰러진 듯했다. 하나 실장이 끝내 포기하지 못했던 스타일 벨트도 보였다. 나는 구겨져 떨어져 있던 부자재들을 하나씩 주워 행거에 걸었다. 의류는 없었다. 소희도 다음 FW 시즌에는 기본 바지나 치마 하나쯤 디자인할 수 있을까. 낮에 피팅실에서 주워 가방에 숨겨두었던 브로치를 꺼내 행거에 같이 걸었다.

　소희 책상에는 디자이너들 핀꽂이가 스무 개쯤 놓여 있었다. 퇴근 전까지 심부름했고 늦게까지 핀을 꽂다가 갔다. 저 핀들이 내일도 내 살갗을 파고들 것이다.

바느질이 덜 된, 핀이 꽂힌 옷들을 입고 벗었다. 옷을 입은 상태에서 핀을 뽑았다가 다른 옷감을 대거나 가위로 자르고 다시 핀을 꽂기도 했다. 핀이 살갗을 찌르고 긁었다. 수많은 핀 자국, 옷감에 쓸린 피부가 따끔거리고 아팠다.

문신을 새길 때의 느낌은 어떨까. 찌르고 들어온 핀에 물감이 묻어 있었다면 내 몸도 문신처럼 무늬가 새겨졌을 것이다. 그의 몸과 비슷했을까. 그는 블루 한 가지 색이었다. 내 몸은 잭슨 폴록의 작품처럼 핀이 찔린 자리마다 옷감 색으로 무늬가 생겼을까. 핀에 찔려 생긴 상처마다 흩뿌린 듯 떨어진 물방울무늬가 그려졌을까. 내 몸의 가치도 잭슨 폴록의 그림처럼 천문학적으로 높아질까. 품평회를 마치고 났을 때 찔린 핀의 자리, 매일같이 피팅할 때 난 상처. 핀에 긁히거나 옷감에 쓸려 붉어진 피부에 스며들었을 물감의 흔적들.

책상 서랍에 둔 물감이 떠올랐다. 그는 내게 물감 세트를 선물로 주었다. 장인어른 회사에서 이런 것을 만들어, 하면서 내밀었다. 디자이너라고 하니 물감이 필요할 것으로 생각했던 모양이었다. 그에게 등과 팔에 새겨진 문신은 어떤 의미인지 물었다. 조직 이인자였던 사람과 같은 무늬라고 했다. 조직 이인자는 키가 작았던 자기 선배 조직원의 문신과 똑같이 새겼고 그것을 다시 그가 물려받았다. 선배 조직원이었던 사람은 키가 너무 작았고 조직 이인자는 못생긴 남자였다. 그는 키도 컸고 잘생겼다. 그의 그늘이 무엇이었는지 모르겠지만 화려한 문양의 옷으로 갈아입은 그는 자신감에 차 있었다.

서랍에 넣어두었던 물감을 꺼냈다.

원피스를 벗고 맨몸으로 거울 앞에 섰다. 노란 물감을 손에 묻혀 목부터 아래로 천천히 쓸어내렸다. 핀에 자주 찔렸던 겨드랑이에는 푸른색을 듬뿍 발랐다. 손에 묻어 있던 노란색이 푸른색과 겹쳐 그려졌다. 미끈거리는 물감의 느낌이 나쁘지 않았다. 물감 냄새가 훅 올라왔다. 손바닥 가득 초록색을 묻혔다. 양쪽 어깨에 번갈아 발랐다. 덧바를수록 색이 어두워졌다. 오른쪽 다리에는 떨어지는 물방울처럼 조금씩 작아지는 붉은 원을 그려 넣었다. 여러 가지 물감이 섞여들어 색의 구분이 무의미해졌다. 물감이 조금씩 피부에 스며들며 말라갔다. 비어 있는 곳을 찾아 꼼꼼히 덧발랐다. 거울 속 나는 산호랑나비 애벌레를 닮았다. 연둣빛 몸에 검푸른 무늬를 점점이 묻힌 섬세하고 향긋한 옷을 입은 애벌레. 언제 날개가 돋을까. 팔을 벌리면 훨훨 날아오를 수 있을까.

어쩔 수 없었어

교회 옆 정자에서 만나자고 한 건 나였다. 지오는 보이지 않았다. 나는 정자 곁에 서 있는 비석에 몸을 기댔다. 낡아가는 교회 건물이 보였다. 교회를 둘러싸고 있는 흰색 목책은 그사이 한번쯤 새로 칠을 했을까. 교회 앞뜰의 거대한 플라타너스도 예전 그대로였지만, 잎을 다 떨어뜨리고 서 있는 나무는 조금 낯설었다. 커다란 잎이 무성했을 때만 떠올랐다. 플라타너스를 등지고 삐뚜름하게 놓인 강아지집까지 여전했다. 셀룰로이드 재질이라 태풍이라도 불면 날아가지 않을까 걱정했는데 몇 년째 그대로라니. 밤늦게까지 찬송가 소리에 섞여 짖던 그 개가 아직 살고 있을까. 지오와 함께 살던 옥탑방이 교회 지붕 뒤쪽으로 보였다. 옥탑방 난간에서 검은 그림자가 움직이는 게 느껴졌다. 지오가 난간에서 나를 내려다보며 서 있었다.

나보다 일찍 도착한 모양이었다. 약속 시각까지 이십 분이 더 남았다. 옥탑방에서 함께 살던 때 늑장을 부렸던 건 언제나 나였다. 외출할 때면 지오는 재빠르게 옷을 갈아입고 옥상 난간에 기댄 채 나를 기다리고 서 있었다. 꾸물거리던 나는 약속 시각이 가까워서야 허둥지둥 준비를 마쳤다. 일층에 내려와서 뭔가 빠뜨렸다는 걸 알아차리면 지오가 사층으로 뛰어 올라가 급히 가져오곤 했다. 그런 일들을 떠올린 건 아니었지만 지오보다 먼저 도착해 기다리고 싶었다. 벌써 와서 교회 앞을 지나 정자에 들렀고 광장을 거쳐 넓은 길을 따라 옥탑방까지 올라갔을 지오의 움직임이 그려졌다. 지오도 나보다 먼저 와 있고 싶었을지 모르겠다.

기대고 선 비석에서 차가운 냉기가 올라왔다. 이월의 찬 기운이 온몸에 스며들었다. 나는 비석에서 떨어져 정자 앞 광장을 걸었다. 광장에 깔린 보도블록이 비에 젖어 검게 번들거렸다. 그곳은 광장이라고 부르기에 턱없이 비좁은 공간이었다. 하지만 오래전부터 나는 그곳을 광장이라 칭했다. 토요일 오후에 광장 옆 정자에서 만나, 하니까 지오는 알았어, 라고 바로 대답했다. 광장 바닥에는 주먹 크기의 거칠게 깎은 포석이 방사형으로 깔려 있다. 방사형으로 퍼져나간 포석이 큰 원을 그리고 있는 광장은 무언가가 그곳으로부터 시작된다는 느낌이 들게 했다. 학교 담을 끼고 오르막이 시작되는 널따란 도로도, 주변의 크고 작은 뒷골목도 거기에서 시작되었다.

오르막길 중간쯤에서 지오가 불쑥 튀어나왔다. 뒷골목으로 내려온 모양이었다. 느긋하게 걸었다. 지오는 청바지 위에 엉덩이 선까지 내려오는 패딩 점퍼를 걸치고 눈에 익은 머플러를 목에 둘렀다. 대학로 노점에서 함께 산 머플러였다. 보풀이 많이 생겨서 버릴 때가 지난 것이었다. 지금껏 갖고 있었다니 놀라웠다. 나는 다시 비석 옆에 섰다. 웃음을 띠며 다가온 지오가 주머니에 들어 있던 손을 내밀었다. 악수를 하자는 건지 잠시 갸우뚱했으나, 나는 내민 손을 잡았다. 잡은 손을 놓지 않고 걸음을 옮겼다.

"모자 디자이너라며?"

믿기지 않는 듯한 표정으로 지오가 나를 바라보며 물었다.

"디자이너까지야. 그냥 스케치 몇 개 해서 동대문시장으로 보내. 패턴을 인터넷으로 보내주면 마음에 드는 것을 생산하기도 하나 봐."

"디자인을 전공했던 것도 아니고…… 네가 디자인에 소질이 있다는 것도 몰랐네."

"그렇게 됐어. 내가 모자 좋아했던 것도 몰랐지?"

"생각나는 거 있어. 네 생일 때였나, 코엑스에서 피에로 모자 쓰고 같이 사진 찍었잖아. 그 사진 지금도 어디 있을 거야."

"초등학교 때 장래 희망 적어 넣는 칸에 패션디자이너라고 쓴 적이 있어."

"그때 나는 회사원이라고 쓰진 않았을 거야."

지오의 패딩 주머니 안으로 들어간 손이 따뜻해졌다. 차가워진 몸에 따뜻한 기운이 채워졌다. 광장과 연결된 뒷골목으로 걸어 들어갔다.

이틀 전, 지오에게서 전화가 왔다. 친구가 모교 근처에 배낭여행자를 상대로 하는 게스트하우스를 오픈했다고 했다. 위치가 어디쯤이냐고 물었을 때 미술관 옆 건물이야, 하고 말했다. 미술관? 하고 되묻자 철제 드럼통을 잘라서 벽에 붙여놓은 개인 미술관 있잖아, 검붉게 녹슨 조각들이 떨어질 듯 붙어 있던 곳, 하고 모를 소리를 했다. 그럼 만나서 확인하자, 라는 말을 누가 했는지 모르지만 만나기로 했다.

지오와 내가 함께 다녔던 학교 주변의 뒷골목들. 덧바르고 갈라졌던 시멘트 바닥이 네모반듯한 자주색 보도블록으로 바뀐 것 외에는 변한 것이 없었다. 하늘을 가릴 듯 얽히고설킨 전깃줄, 건물 외벽에 검게 그을린 연통들이 드러나 있어도 아무렇지 않은 곳. 대학가 뒷골목이 이렇지, 라고 하면 딱 어울릴 것 같은 낡고 오래된 풍경이 꾸물꾸물 움직이는. 가파른 골목길에 다닥다닥 붙어 지어진 집들이 힘겹게 기어오를 준비가 시작되는 곳. 철제 캐비닛 안에 가스통이 들어앉아 있어도 아이디어 좋네, 라며 고개를 끄덕이며 지나치게 되는. 흰 페인트를 바른 벽에 화가 지망생의 어설픈 그림이 눈길을 끌면 멈춰 서 감상해도 시간이 아깝지 않은 곳. 며칠을 돌아다녀도 몇 날을 구경해도 쉬이 질리지 않을 얘기들이 뿜어져 나올 것 같은 골목골목들. 몇 년을 봐왔던 골목이지만 여전히 흥미로웠다.

익숙한 길을 천천히 걸었다. 황주연 헤어샵, 이라는 글씨가 보였다.

건물 뒷벽, 계단을 오르는 선에 맞춰 붉은 페인트로 비스듬히 쓰여 있었다. 지오와 나는 무심결에 풋, 하고 웃어버렸다. 예전에도 그 앞을 지날 때마다 마주 보며 웃었는데 마치 그때인 것 같은 착각에 기분이 가벼워졌다. '황주연'은 고향에서 함께 자란 친구와 이름이 같았다.

크리스마스를 며칠 앞둔 중학생 때였다. 여느 날처럼 나는 주연의 집에 갔는데 주연은 책상에 엎드려 종이에 뭔가를 쓰고 있었다. 나를 보자 얼굴이 발개지며 종이를 서랍에 감춰버렸다. 궁금해진 내가 계속 캐묻자 한참을 머뭇거리다가 지오에게 카드를 썼다고 대답했다. 왜 그랬는지 모르지만, 그 순간 울컥하는 뭔가가 올라왔던 것 같다. 나와 주연에게 지오는 같은 동네에 사는 일 년 선배일 뿐이었다. 야릇해진 마음을 감추고, 뭐라고 썼는지 볼 수 있어? 하고 물었다. 절대 안 된다는 주연에게 카드를 보여달라고 조르기 시작했다. 처음엔 농담처럼 가벼운 몸싸움으로 시작했는데 곧 격렬해졌다. 결국 나는 카드를 빼앗았다. 카드를 손에 들고 방을 뛰쳐나와 골목으로 내달렸다. 뒤쫓던 주연이 나에게 돌을 던졌다. 돌은 내 종아리를 맞췄다. 나는 주저앉아서 들고 있던 카드를 조각조각 찢어버렸다. 내가 찢지 않았다면 주연이가 쓴 카드는 지오에게 전해졌을 것이다. 조각난 카드는 바람에 날려 골목길 바닥에서 뒹굴었다. 찢어버리고 나서야 멋쩍었지만, 나는 삐친 척 집으로 와버렸다.

황주연 헤어샵 출입구는 골목을 돌아나간 큰길에 있었다. 뒷골목에서 봤을 때는 입구부터 간접조명으로 화려하게 치장한 그럴듯한 헤어샵은 아닌 것 같았다. 녹슬고 구멍 난 철제 계단이 가파르게 오르는 벽 아래 옹색하게 새겨진 글씨. 그 아래 놓아둔 건조대에서 수건들이 말라가고 있었다.

"겨울 볕에 마르고 있는 수건이 있어야 화려한 조명 아래서 헤어디자이너가 폼 잡고 일할 수 있는 거겠지?"

수건에 눈길을 빼앗긴 나를 보며 지오가 말을 건넸다.

"수건이 말라가고 있다는 걸 알려면 뒷골목을 꼭 돌아봐야만 하는 거야? 확인하지 않아도 짐작은 할 수 있는 거지."

"굳이 그것까지 마음 쓸 필요가 있을까. 보이는 것만으로도 눈이 획획 돌아가는 것처럼 정신없기만 한데."

"걱정하지 않아도 저기 저렇게 존재한다는 거야."

"화전골이다."

싸워서 둘이 자주 토라져 있던, 모녀가 꾸려가는 식당 앞에 우리는 도착해 있었다. 예전에 가끔 들렀던 곳이었다. 손님이 많지 않아 모녀의 하소연을 들어주던 시간이 많았다.

여전히 손님이 없었고 덩치 큰 아주머니가 일어서며 반겼다. 자신도 이미 환갑을 넘겼지만 여든이 넘은 친정어머니를 모시고 살아서인지 자기는 한창 젊은 줄 아는 사람이다. 발길을 뚝 끊어 궁금했다며 할머니도 우리를 반겼다.

"이제 우리 식당도 문을 닫게 생겼어. 들어오면서 봤지? 뒷골목을 왜 넓혀야 하는지 모르지만 길을 넓히겠다고 이 건물을 헐겠대. 뒷골목은 좁고 허름하고 뭐 좀 뒷골목다워야 하는 거 아니야? 이 정도 넓이면 씨름판을 벌여도 되겠는데 뭘 더 넓혀."

아주머니가 입구에 붙여놓은 식당 이전 안내문을 가라키며 속사포처럼 투정을 쏟아냈다.

화전골은 뒷골목 도로와 도로 사이 조각배 모양의 땅에 지어진 허름한 건물이었다. 처음부터 그런 건 아니었는데 도로를 넓히다 보니 도로 한가운데에 섬처럼 떠 있게 된 거였다. 지금껏 헐리지 않았던 게 이상할 정도였다. 곧 헐릴 것 같은 아쉬운 마음에 예전에도 더 자주 드나들었던 것 같다.

아주머니는 아무것도 묻지 않았다. 인사도 없이 사라졌다가 오랜만에 들른 단골손님. 어떤 느낌일까. 낡은 탁자도 천장을 가리고 있는 갈대발도 전등에 씌워둔 종이봉지도 그대로였다. 빗물이 새어들어 얼룩진 천장을 가리기 위해 갈대발을 펴놓았다고 했던 얘기가 생각났다. 전등에 종이를 씌운 이

유는 뭐라고 했더라. 설치미술을 전공한다는 학생이 만들어
줬다고 했던가.

신발을 벗고 살림방을 건너가야 들어갈 수 있는 화장실에
지오가 다니러 갔다. 화전골만 오면 꼭 화장실에 가는 게 예
전부터의 버릇이다. 살림방을 건너가려면 왠지 미안해서 나
는 늘 참았다. 오 분이면 우리 옥탑방으로 뛰어갈 수 있기 때
문이기도 했다.

키가 큰 지오가 허적허적 걷는 모습이 좋았다. 지오는 큰
소리를 내며 웃지 않았다. 웃더라도 잠깐 표정만 환하게 바꿀
뿐이었다. 약간 저음의, 남자치고는 가늘다 싶은 목소리로 느
릿하게 나와 얘기를 주고받곤 했다. 시골집 마당에 가을볕이
나른하게 떨어져 내리고 있는 것처럼 잔잔한 날들이 이어지
던 때였다. 내가 옥탑방을 떠나기로 결심한 건.

졸업 후, 취업한 회사에 지오가 여느 날처럼 출근하던 아침
이었다. 청바지에 티가 일상복이었는데 매일 아침 양복에 흰
와이셔츠를 입고 정해진 시각에 나갔다. 나는 이제 우리 곧
결혼해도 될 것 같지 않아, 라는 농담을 했던가, 아니면 그런
상상을 했던가. 지오는 오늘 퇴근하고 밖에서 저녁이나 먹을
까, 하며 계단을 내려갔다. 나는 다리부터 점차 사라져가는
지오의 모습을 바라보며 앉아 있었다.

축축한 비안개가 시야를 가리고 있었다. 지오가 사라지고
난 자리에 오롯하게 고궁의 기와지붕이 나타났다. 비에 젖

어 더 검어진 고궁의 기와지붕 위에 아삭아삭 씹힐 것같이 싱싱한 참나무 잎이 떨어져 내리고 있었다. 비를 머금은 낙엽의 싱싱함이 낯설었다. 눈앞에는 검게 번들거리는 기와지붕과 떨어져 내린 밝은 주황빛 낙엽만 보이는 이상한 구도였다. 비 맞은 낙엽이 살아 있는 유기체처럼 파닥거린다는 느낌이 들었다. 주위는 온통 짙은 비안개에 가려지고 그 한 장면만이 돌올하게 내 앞에 놓여 있었다. 오늘도 종일 지오를 기다리며 하루를 보내겠구나, 라는 생각이 문득 들었다.

지오와 내가 살던 건물은 창경궁 담과 닿을 듯 가까웠다. 지오가 출근하고 나면 밖에 나와 창경궁을 바라보고만 있어도 하루가 훌쩍 지나갔다. 아침잠을 깨우는 새들의 지저귀는 소리, 바람에 휘어지는 나뭇가지, 여름 볕에 하얘지는 고궁의 마당. 창경궁은 갑자기 나타났다, 라고 표현할 수밖에 없는 놀라운 풍경을 계절마다 보여주었다. 덥고 추웠던 옥탑방이 지겨워질 때 창경궁을 바라보면 위로가 됐다.

그날 아침에는 드넓은 창경궁은 안개 속에 묻혀 있고 조각으로 떨어져 나온 듯한 기와지붕과 낙엽만이 하늘에 떠 있었다. 손으로 잡아당기면 그것들이 스르륵 끌려올 것 같아 절로 손이 내밀어졌다. 그런데 내민 손을 거두어들이는 순간 눈앞의 지붕이 나와 다르지 않은 것같이 느껴졌다. 눈을 감았다 뜨는 찰나에도 사라져버릴 수 있을 것처럼 위태롭고 희미한 존재로 다가왔다. 고궁은 나를 오래도록 옥탑방에 머무르게도 했지만 떠나게도 했던 것 같다.

화전골 모녀는 지오와 내가 같이 살고 있는지 끝내 묻지 않았다.

화전골에서 나와 골목에 과일을 늘어놓고 파는 노점을 지나쳤다. 과일 상자들을 도로에 늘어놓아 길은 겨우 한 사람만 지나다닐 수 있을 정도로 좁았다. 추위에 검게 변해버린 바나나가 윤기 흐르는 딸기 팩 옆에 나란히 진열되어 있었다. 천막 안 구석 스툴에 앉아 꾸벅꾸벅 졸고 있는 노점 주인이 보였다. 우리는 노점 주인이 깨지 않도록 발소리를 죽이며 지났다.

처음 보는 진청색 철제 방화문이 눈에 들어왔다. 말끔하고 단단해 보이는 방화문은 뒷골목에는 어울리지 않아 보여 호기심이 일었다. 문 위에 걸린 검은색 철판에 '극단 청우'라는 글씨가 단정하게 쓰여 있었다.

"극단 청우라고?"

"여기가 공연장이야?"

살짝 열린 문틈으로 지오와 나는 동시에 고개를 밀어 넣었다. 작은 문을 떼어내고 방화문을 달았는지 높은 문턱이 먼저 앞을 가로막았다. 안으로 열리게 되어 있는 방화문 아래를 높은 턱이 가로막고 있었다. 문 안으로는 지하로 내려가는 계단이 보였다.

"무슨 일로 오셨어요?"

문 앞에서 머뭇거리고 있던 우리에게 근처에 서 있던 젊은 남자가 다가서며 물었다.

갑자기 어색해진 우리는 대답을 못하고 재빨리 그곳에서 벗어났다. 몇 걸음 옮기자 '오픈런 뮤지컬 컴퍼니'라는 간판이 보였다. 옆에는 '연습실'이라는 글씨가 크게 쓰여 있었다. 뮤지컬 컴퍼니 연습실 출입구도 검은색 철제 방화문이었다.

"조금 전 진청색 방화문이 달려 있던 곳도 공연장이 아니라 극단 청우 연습실이구나."

고개를 끄덕이며 내가 대답했다.

"젊은 남자가 들고 있던 게 대본이었나 봐. 종이를 들여다보고 중얼거리며 서 있었던 것 같아. 어쩐지 멋있어 보이더라니."

검은 방화문은 굳게 닫혀 있었다. 공연 연습실이라면 내려가 구경해도 좋을 뻔했는데 아쉬웠다.

그 순간 왜 지오의 시골집이 떠올랐을까. 누군가의 집을 혼자서 그렇게 기웃거렸다.

지오의 집은 마을 초입 밭 가운데 외따로 떨어져 있었다. 내가 아홉 살이었을 때까지 그 집에는 어떤 남자가 혼자 살고 있었다. 남자는 사십대를 훌쩍 넘긴 중년이었다. 그 집은 언제나 먼지 한 톨 내려앉지 않을 것처럼 깨끗하고 적막했다. 남자는 흰 고무신을 신고 마당 끝에 있는 화장실을 다녀오거나 화단에 핀 동백꽃을 바라보며 서 있곤 했다. 댓돌 위에 흰 고무신이 있으면 남자가 방 안에 들어가 있나 보다 짐작했다. 유난히 희었던 고무신은 혼자 사는 남자의 외로움이 묻어 있는 것처럼 보였다.

남자의 집은 들판 가운데 있었지만 사계절 푸른 탱자나무 울타리에 둘러싸여 있어서 아늑해 보였다. 탱자나무 울타리가 집 양옆과 뒤편으로 어른 키보다 높게 둘러싸고 있었고 앞쪽으로는 시멘트 블록 담장이 내 키보다 낮게 자리 잡고 있었다. 낮은 담 너머로는 집 안이 훤히 들여다보였다. 가을이면 잎을 다 떨어낸 나무에 노랗게 익은 탱자가 촘촘히 얽힌 가시 사이사이에 유혹하듯 매달려 있었다. 나는 남자가 보이지 않을 때 울 사이에 손을 집어넣어 탱자를 따곤 했다. 슬며시 울 사이를 비집고 들어가 탱자를 손아귀에 쥐고 팔을 빼면 이곳저곳 가시에 긁힌 상처가 생겼다. 팔이며 손 여기저기 생채기가 날 걸 알면서 먹을 수도 없는 탱자를 왜 따려고 했는지. 몇 날이 지나고 저절로 떨어진 탱자가 울 아래 수북하게 쌓이면 바구니 가득 담아와 방 안에 놓아두곤 했다. 탱자는 겨우내 꾸들꾸들 말라가며 시큼하고 달큼한 향내를 방 안 가득히 풍겼다.

그 집 정원에는 동백꽃이며 접시꽃, 키다리국화, 봉숭아가 계절마다 피어나고 다시 졌다. 나는 남자의 집 앞을 지날 때마다 담 너머로 꽃들을 바라보았다. 힐긋거리다 남자가 방에서 나오는 기척이라도 느껴지면 도망치듯 지나쳤다.

어느 날 갑자기 탱자나무 울타리가 베어지고 회색 시멘트 블록으로 쌓은 담이 그 집을 둘러싸버렸다. 키 낮은 나무 대문도 없어지고 사방이 막힌 블록 담 사이에 짙은 황토색 철제 대문이 생겨났다. 남자는 어디론가 사라지고, 지오의 가족이 남자의 집으로 이사 오면서 새로이 담을 쌓은 것이었다. 정원에 핀 꽃들도 블록 담 안에 갇혀버렸다. 댓돌 위에 놓인 한 켤레 흰 고무신도 볼 수 없었다. 내내 가지고 놀던 장난감을 어느 날 갑자기 누군가가 망가뜨린 것처럼 허전했다. 이후 그곳을 지나갈 때마다 철제 대문은 꼭 닫혀 있었다. 지오를 마주할 때면 가끔 그 철제 대문이 떠올라 막막해지곤 했다.

"커피 마시고 싶지 않아?"

화전골에서 먹었던 김치전의 기름기가 입안에 맴돌아 지오에게 물었다.

"우리 자주 다녔던 곳으로 가자."

지오가 대뜸 대답했다.

"타불라 라사?"

"아니, 커피 바움."

"우리가 자주 다녔던 곳은 타불라 라사야. 키가 작고 얼굴이 예쁜 여자가 주인이었잖아."

"큰길 사거리에 있는 커피 바움 이층으로 자주 갔었잖아. 커피 바움 창가에 앉아 건널목을 지나다니는 사람들을 바라보며 오래 앉아 있곤 했어."

"몇 번 그랬던 기억은 나. 하지만 커피가 쓰다고 곧 옮겼어. 타불라 라사의 주인이 핸드드립으로 내려주는 커피 맛이 달고 깊었잖아. 자리는 몇 개 없었지만 아담하고 깔끔해서 자주 갔었는데."

"나도 몇 번 갔던 기억은 나. 하지만 몇 번뿐이었어. 우리가 자주 갔던 곳은 커피 바움이야. 그럼, 오늘은 어디로 갈까."

나는 어디로 갈까, 잠깐 머뭇거리다 대답했다.

"커피 빈."

"커피 빈? 큰길을 건너가야 하잖아."

"맞아."

"아니야, 타불라 라사야. 우리가 자주 갔던 곳이 타불라 라사였던 것 같아. 거기로 가면 되지?"

지오가 앞서 걸어갔다.

타불라 라사는 큰길에서 골목으로 들어오는 모퉁이에 있다. 키 작은 주인은 없고 아르바이트생이 가게를 지키고 있었다. 우리를 기억하고 알은체했을 주인이 보이지 않아 오히려 편했다. 목제 원탁 위에 놓인 미니 꽃병이 눈에 띄었다. 문양이며 색깔이 이국적 느낌이었다. 꽃병을 만지작거리다 지오에게 물었다.

"이건 페르시아 쪽에서 만들어진 것 아닐까?"

심드렁하게 지오가 대답했다.

"페르시아?"

"선명한 청색, 삼각 무늬, 무늬 안에 들어 있는 노란 원. 왠지 이란 같지 않아? 전체적으로 원색인 것도 그렇고."

"국적 불명 같은데. "

내가 왜 갑자기 페르시아를 떠올렸지. 타불라 라사, 라는 이름에서 이란이 떠올랐을 것이다. 칠판을 짊어지고 오지를 찾아다니며 아이들을 가르치던 교사. 그 영화 제목이 '칠판' 이었다. 칠판을 짊어지고 먼지 이는 돌길을 하염없이 걸어가던 주인공. 머리는 산발한 채였고 햇볕이 내리쬐는 길에서 눈을 가늘게 뜨고 가야 할 길을 가늠하던 남자. 영화를 보는 내내 막막하기만 했었다.

말다툼은 늘 그렇게 시작됐다. 이기고 싶다기보다 자기가 옳다고 주장하는 것. 이란이라는 근거는 없었다. 그럴 땐 빨리 꼬리를 내리는 게 나았다. 누구도 알 수 없는 걸 우긴다면 다툼만 길어질 뿐이었다. 서로 다른 느낌을 상대에게 강요할 수는 없었다.

나는 자주 잘못된 기억을 얘기했다. 얘기할 땐 분명한 기억이라고 생각했는데 나중에 알고 보면 터무니없는 소리를 한 거였다.

스페인 작가의 두 권짜리 소설을 읽은 적이 있었다. 작가도 제목도 전혀 다른 이름을 대며 지오에게 책의 내용을 얘기하곤 했다. 한참 뒤에 가서야 잘못 기억하고 있었다는 것을 알게 되었지만, 지오가 그 책을 읽을 것 같지 않아 사실을 바로 잡아주지 않았다. 그런데 지오는 어떻게 알게 되었는지 나중에 지나가듯 내 착오를 지적했다. 내 기억은 그처럼 터무니없을 때가 많았다. 그런 일이 몇 번 반복되면서 잘못된 기억이 발견되면 곧 바로잡아 얘기했다. 하지만 누구도 바로잡아주지 못할 기억, 기억과 사실의 구분이 불가능한 것들은 여전히 많았고, 그 거리는 어떻게 해도 좁혀지지 않았다.

시골에서 올라와 K시의 고등학교에 막 입학한 이른 봄날이었다. 어쩌다 나는 고향 선배인 지오를 따라 시내를 걷게 되었다. 그날 우리는 꽤 오래 함께 걸으면서 한마디 얘기도 나누지 않았다.

그날, 한 해 일찍 K시에 올라와 고등학교에 다니고 있던 고향 선배들을 만났다. 함께 영화를 봤고 영화관에서 멀지 않은 대학 운동장에 모였다. 운동장 가에 늘어진, 이제 막 새싹이 돋은 버드나무 가지를 툭툭 치며 시간을 보냈다. 시골에서 살던 나는 K시가 낯설었고 혼자서 버스 타는 일도 익숙지 않을 때였다. 내가 자췻집으로 돌아가는 것을 막막해하는 눈치이자 지오가 데려다주겠다고 했다. 지오의 집도 내가 살던 곳에서 오 분만 걸으면 되는 가까운 곳이라고 했다. 어느 날 등굣길 버스 정류장에서 지오를 봤고 지오도 나를 본 듯했다. 고향 선후배였지만 말 한마디 건넨 기억이 없던 탓에 닮은 사람일지도 모른다는 느낌이 들 정도로 낯설었다. 그날 모였을 때도 굳이 서로에게 말을 건넬 일은 없었다. 열 명 넘게 모였던 사람들이 흩어지고 나는 지오의 뒤를 졸졸 따라 걸었다. 끝이 보이지 않을 만큼 넓은 대학 운동장을 벗어나는 데도 시간이 꽤 걸렸다. 나는 학교를 나서면 버스를 타고 집으로 가겠지 여겼는데 아니었다. 학교 근처 주택가 골목길을 지오가 앞서 걸었다. 나는 딱 다섯 발짝 뒤떨어진 채 따라갔다. 지루하게 주택가 골목을 걸어가다 버스가 다니는 큰 도로에 닿았다. 버스 정류장을 지나쳐 또 걸어갔다. 주황색 기와지붕의 낡은 주택가 골목으로 들어갔다. 나는 하염없이 지오를 따라 걸었다. 작은 하천을 건너갔고 목공소가 밀집한 상가 골목도 지나쳤다. 시멘트 담 한쪽에서 허름한 작업복 차림의 사내가 영화 간판을 그리고 있었다. 걸음을 멈추고 잠깐 구경이라도 하고 싶었지만 지오에게 말하지 못했다. 그때까지도 간판을 그려 다는 삼류극장이 유물처럼 남아 있었다. 어둑해질 무렵에야 낯익은 동네에 들어섰다는 걸 알았다. 지오는 어느 집 대문 앞에서 잠시 멈췄는데 자신이 자취하고 있는 집인 듯했다. 그는 내처 걸었고, 내가 사는 집 앞에서 걸음을 멈추고는 나를 돌아봤다. 나는 고개를 까딱 움직였고 지오는 돌아서 갔다. 이후 가끔 오가다 부딪쳤으나 눈길을 돌린 채 서로 못 본 척 지나치곤 했다.

우리는 서로 다르게 그날을 기억했다. 그날 자췻집으로 돌아오는 길에 핫도그를 하나씩 사 먹었다고 지오는 말했다. 지오와 내가 살던 계림동에 맛있는 핫도그 가게가 있긴 했다. 아마도 그때 네가 나에게 핫도그를 사주고 싶었던 모양이지, 라고 말하니 아니야, 맛있게 먹었으면서 시침 떼지 마, 하고 지오는 정색했다. 나는 시멘트 기와를 얹은 낡은 집들이 들어찬 좁은 뒷골목을 걸었고 극장 간판 그리는 곳을 지나쳤다고 얘기했지만 지오는 영화 간판 그리는 곳이 그때까지 어디남아 있었겠어, 하고 말했다. 지오는 우리가 버드나무 가지가휘어져 내린 하천을 따라서 오래 걸었다고 기억하고 있었다.아마도 지오의 눈에 와닿았던 것, 내 마음이 기울었던 것이다른 탓이 아니었을까.

"웬 카페 이름이 갈 수 없는 나라야."

타불라 라사에서 올려다보이는 곳에 '갈 수 없는 나라'라는카페의 간판이 걸려 있었다. 바닥이 보이는 잔을 들어 마지막커피를 마시고 나서 내가 대답했다.

"예전부터 있었어."

"처음 보는데."

"간판도 봐, 빗물 흐른 흔적이 지저분하고 글씨 끝이 떨어져 있잖아. 예전에도 너는 똑같은 얘기를 했어. 웬 카페 이름이 갈 수 없는 나라야, 라고."

"나는 오늘 처음 봤어."

"무슨 상관이야, 카페 이름이 갈 수 있는 나라든 없는 나라든. 이제 우리가 이 동네 골목에 사는 것도 아니고 저 카페에갈 일도 없을 것 같은데."

"하지만 갈 수 없는 나라보다는 갈 수 있는 나라였으면 좋겠다."

"예전에도 너와 이렇게 말다툼했어. 누구의 기억이 맞는지를 놓고. 내가 많이 우겼던 것 같아. 나는 잡다한 걸 기억하고 너는 굵직한 기억을 명료하게 떠올리곤 했지. 나중엔 다 뒤죽박죽 섞여서 기억 따위 아무려나 상관없게 돼버렸지만. 내가 많이 우겼던 거 미안해."

"다 지난 일이야. 아무튼 그렇게 우기면서 싸울 때가 너와 함께할 때였으니까. 넌 뒷골목을 좋아했지. 커피 바움 앞에서 건널목을 건너 곧장 큰길로 가지 않고 굳이 왼쪽으로 다섯 걸음쯤 틀어서 골목길을 찾아들곤 했어. 나와 나란히 걷기도 불편할 만큼 좁은 길인데. 하긴 그래서 손을 잡고 너와 바짝 몸을 붙여서 걸을 수 있어 좋았었나. 너 때문인지 네가 없을 때도 뒷골목으로 걷게 되더라."

"지금 사는 곳은 아파트야?"

"응, 지하철역에서 빠져나와 아치형 다리를 지나면 곧 단지가 나와."

지오는 나와 살 때 외에는 번듯한 집에서만 살았다. 뒷골목을 굳이 찾아 들어가는 나와는 다른 세계 사람처럼. 내가 혼자 살고 있던 옥탑방으로 옮겨온 것도 지오였다. 지오가 살던 곳보다 내 옥탑방이 학교에 가깝다는 이유였다.

"우리가 왜 헤어졌을까?"

지오의 질문은 내가 가끔 나 자신에게 던지는 것이기도 했다.

"어쩔 수 없었어."

"뭐가 어쩔 수 없어?"

"다람쥐는 가을이면 두 볼 가득 도토리를 주워 담아 땅속 이곳저곳에 숨겨둔대. 그러곤 얼마쯤은 묻어놓은 곳을 잊어버린다는 거야. 봄이 되면 다람쥐가 먹지 못한 도토리에서 싹이 돋는대. 그 참나무가 자라 열매를 맺고 나중에 다람쥐는 또 도토리를 모아 겨울을 나는 거야. 다람쥐는 묻어둔 곳을 잊어버리고 안타까워했을 거야. 그 망각이 살 수 있게 하는 것인지도 모르고."

"그렇게 알 듯 모를 듯한 대답밖에 넌 못하지?"

타불라 라사에서 나와 지하철역으로 향했다. 만나면 확인한다던 미술관 앞을 스치면서도 서로 아무런 말도 나누지 않았다. 지오가 나에게 미술관을 향해 눈짓했고 나도 슬쩍 쳐다보기만 하고는 지나쳤다. 커피 바움 앞에서 건널목을 가로질러 상점들에서 흘러나오는 음악 소리가 서로 얽히는 거리를 따라 걸었다.

새로 단장한 건지 도로 양쪽 가로수가 소나무였다. 소나무 가로수라니, 팬시 상점들이 밀집한 곳에 어울리는 수종은 아닌 듯싶었다. 소나무 가로수에 반쯤 가려진 낡은 기와집 한 채가 길 건너로 바라다보였다. '동판 챙 함석', '도료 칠 현수막'. 기와집 본채와 행랑채에 서로 다른 두 개의 가게가 있었다. 수직으로 올라간 화강석 마감의 멋진 건물보다 나는 왜 곧 허물어질 듯이 서 있는 키 낮은 기와집이 먼저 눈에 띄는 걸까. 기와집은 소나무에 가려 눈여겨봐야만 겨우 잡혔다. 함께 걷던 지오에게는 기와집이 눈에 들어오지 않았을 것이다.

지하철역이 가까워지고 있었다. 패딩 속 두 손은 축축한 땀으로 젖어 들었다. 비릿하면서도 시큼한 땀 냄새에 절어 있을 지오와 나의 손은 걷는 동안 쉬지 않고 주머니 속에서 옴지락거렸다.

일본 라멘집 열린 문틈으로 라디오 소리가 새어 나왔다. 역하게 배어 나오는 라멘 국물 냄새를 피해 빨리 지나치고 싶었는데 유난히 크게 들리는 라디오 소리에 발걸음이 느려졌다.

편지 사연을 소개해드리겠습니다. 역술인인가 보네요.

코믹하면서도 친근한 느낌의 아나운서가 역술인의 사연, 이라는 말을 하는 순간 묘한 호기심이 생겼다.

정초에는 모두 한 해 운수를 보곤 하죠. 남의 운수를 봐주긴 하지만 나도 나의 한 해 운수를 보고 싶은데······

라는 곳까지 읽던 아나운서는,

아, 무슨 말씀이세요. 다른 역술인을 찾아가서 운수를 보면 되죠. 무슨 문제가 있습니까. 아, 아닌 게 아니라 여기 이렇게 쓰여 있네요.

하고는 계속 사연을 읽어 내려갔다.

역술인이 아닌 것처럼 시치미를 떼고 연초가 되면 다른 역술인을 찾아가 내 운수를 보곤 합니다. 그렇게라도 하지 않으면 가슴에 얹혀 있는 답답한 게 도무지 내려가질 않아요. 그게 맞는 말이든 아니든 다녀오면 마음이 가벼워집니다.

네, 그럼요. 그러시면 되는 거죠.

아나운서의 사연 읽어 내려가는 소리가 점점 멀어졌다.

"그렇구나, 역술인도 역술인을 찾아가는 거구나."

지오도 라디오 소리에 귀를 기울이고 있는 것 같아 내가 말을 건넸다.

"그 사람도 어쩔 수 없는 거지."

"재밌어. 근데 아까 교회 마당에 있던 플라타너스 봤어?"

"글쎄."

"교회 앞을 지나칠 때 봤을 거잖아?"

"응. 플라타너스는 늘 거기 있었어. 지금도 마찬가지고."

교회 앞마당에 서 있던 비에 젖은 플라타너스가 떠올랐다. 헝겊 조각을 이어붙인 모양으로 껍질을 벗은 플라타너스는 흰옷을 차려입은 것처럼 당당해 보였다. 회백색 몸통에 그어진 무늬는 빗물이 스며들어 한층 짙게 도드라졌다. 높게 뻗어 올라간 회백색 가지 사이에 지은 새집의 나뭇가지가 몇 개인지 셀 수도 있을 것처럼 뚜렷하게 보였다. 푸른 하늘을 배경 삼아 떠 있는 플라타너스 가지가 오후의 겨울 볕을 받아 노랗게 물들었다. 노란빛으로 반짝이는 가지가 바람에 가볍게 흔들렸었다.

가지치기가 된, 둥치만 남은 플라타너스를 지오가 그린다 해도 어쩔 수 없었다. 교회 마당에 서 있던 플라타너스를 나와 함께 본다고 해도 어차피 느낌은 다를 거니까.

"가지치기를 한 플라타너스는 바람이 불어도 꿈쩍하지 않
겠구나."

머리에 스친 생각이 내 입에서 흘러나왔다.

"무슨 소리야?"

"아니야, 잘 가."

지오에게 손을 흔들고 몸을 돌리자 눈앞에 바로 플라타너
스가 보였다. 윗가지가 말끔하게 잘려 나간, 둥치만 남은 플
라타너스 수십 그루가 길가에 늘어서 있었다.

불
온
한

유
월

시끄러운 소리가 들렸다. 밤 열한시가 넘어가는 시각이었다. 개와 고양이가 싸우는 듯했다. 고양이는 굵고 날카로운 소리를 질렀고, 개는 잔뜩 화가 나 위협적으로 그르릉거렸다. 개와 고양이의 싸움이라니.

암자의 소음은 도시와는 전혀 달랐다. 이틀 전 비 오는 밤에 처음으로 고라니 울음소리를 들었다. 멧돼지가 짝을 찾아 부르짖는 것으로 알았다. 아침에 일어나 주지 스님에게 물었더니 고라니 울음소리라고 말해 깜짝 놀랐다. 그렇게 순해 보이는 몸에서 나오는 소리라고 믿어지지 않았다. 덩치 큰 짐승의 울음소리라면 모를까. 멧돼지가 멀리 있는 짝을 애타게 찾는 듯한 소리로 들렸다.

암자 뒤뜰에 검은 개 두 마리가 묶여 있었다. 둘은 모자 사이였는데 까미는 어미고 깜돌이는 아들이었다. 까미는 날렵하고 성격이 밝았는데 깜돌이는 작은 집에서 웅크리고 앉아 잘 나오지 않았다. 집 밖에 나와 있는 시간에 깜돌이는 곁에 있는 화단에 작은 구덩이를 팠다. 코와 발로 흙을 밀어냈고, 그곳에 빗물이 고이면 옆에 다른 구덩이를 팠다. 깜돌이 집 주변에 네 개의 작은 구덩이가 있었다. 구덩이를 팔 때 묻은 흙이 콧잔등에 부스럼인 듯 말라붙어 있곤 했다. 깜돌이는 얕게 판 구덩이에 엉덩이를 들이밀고 엎드려 눈을 가늘게 뜨고 무언가를 하염없이 바라보기도 했다.

둘의 몸집은 진돗개 성견보다 조금 작았는데 수컷인 깜돌이 덩치가 조금 더 컸다. 간식이라도 던져주면 까미는 요령 있게 잘 받아먹었고, 깜돌이는 놓쳐서 바닥에 떨어진 것을 앞발로 끌어당겨 먹었다. 까미는 턱 아래 늘어진 혹이 있는데 병원에 가봐야 하는 게 아닐지 걱정스러웠다.

나에게도 혹이 있었다. 아들을 가졌을 때 자궁에 혹이 있다고 의사가 말했다. 자궁 혹이 얼마나 커질지 예상이 안 된다며 혹을 제거하는 수술을 하자고 했다. 배를 열어보니 자궁에 있다던 혹은 척추에 붙어 있어서 뗄 수가 없었다. 의사는 아기가 가리고 있어 잘 볼 수 없었다고 말했다. 하지 않아도 될 수술을 했던 때가 임신 사 개월쯤이었다. 아들을 낳고 오 개월 후 혹을 제거하는 수술을 받았다. 아들도 혹도 내 몸을 벗어난 것이 너무 오래전이라 가물가물했다. 그 아들이 처음으로 집에 데려온 여자 친구가 담이였다.

낮에는 흐렸고 비가 가끔 흩뿌리듯 쏟아졌다. 방 안은 축축한 한기가 돌았다. 암자에 내려온 이후부터 나는 저녁 이른 시각에 잠이 들었고 아침에도 일찍 일어났다. 이미 잠자리에 들었는데 날카로운 고양이 울음소리에 잠이 깼다. 개가 묶여 있는 곳이 내 방에서 멀지 않았다. 개와 고양이가 마치 머리맡에서 싸우는 것처럼 들렸다. 나는 일어나 처마에 있는 전등을 켜고 밖으로 나갔다.

까미가 검은 점이 섞여 있는 흰 고양이를 입에 물고 흔들고 있었다. 고양이는 반항했지만 역부족이었다. 나는 고양이를 빨리 내려놓으라고 소리를 질렀다. 그러나 까미는 고양이를 입에 물고 오히려 나를 위협했다. 까미를 겁줄 만한 것을 찾았으나 주변에 아무것도 없었다. 깜돌이는 자기 집 안에서 웅크리고 있었다. 고양이는 금방 몸을 축 늘어뜨렸다.

어지러운 꿈에 시달렸다. 두 번이나 가위에 눌려 잠이 깼다. 아침 식사 자리에서 지을이 걱정스러운 듯 물었다.

밤에 이상한 소리가 들리던데요?

아, 가위에 눌려 소리를 질렀던 것 같은데 들렸어요?

비명 소리에 잠에서 깼어요. 덕분에 아침까지 책을 읽긴 했지만요.

지을은 나보다 먼저 암자에 와서 머물고 있던 손님이었다.

지을의 방은 내 방과 복도를 사이에 두고 있었다.

낮에 좋지 않은 기사를 두 개나 읽었어요. 나이지리아에서 아기 공장이라는 곳에 갇힌 채 아기를 낳고 인신매매에 이용된다는 소녀들을 구출했다는 기사요. 그리고 우리나라 십대 후반 소녀들이 마약에 빠진다는 기사까지. 그런데다 한밤중에 까미가 흰 고양이를 죽이는 걸 봤거든요.

그걸 봤어요?

싸우는 소리가 들려서 나가 말렸는데 듣지 않더라구요. 아침 산책길에 보니 죽은 고양이가 여전히 까미 집 앞에 있었어요. 까미가 다가가 냄새를 맡기도 하며 그 주변을 맴돌기도 하고. 연분홍 뽀얀 다리 살빛이 너무 선명해서 마치 살아 있는 것처럼 보였어요.

그 고양이가 다리 밑 냇가에서 새끼 두 마리를 키우고 있었잖아요.

저도 몇 번 봤어요. 흰색에 노란 줄무늬 고양이 한 마리와 흰색에 검고 노란색까지 섞여 있는 삼색 고양이였잖아요.

새끼들이 어미를 잃은 거네요.

주지 스님이 죽은 흰 고양이는 무지 미워했잖아요. 문덕이의 새끼를 낳은 흰 고양이를 암자에는 얼씬도 못하게 하니 다리 아래 냇가에서 새끼들을 기를 수밖에요.

아침을 먹으며 지을과 얘기가 길어졌다. 지을은 자신의 집은 비워두고 밖에서 보내는 시간이 많았다. 희곡 작가인 지을은 절이나 암자에서 템플스테이를 자주 했다. 금산 사찰에서 곧장 하일암으로 옮겨 온 지 삼 주가 지났다. 지을은 일주일에 두어 번 산길을 혼자서 종일 걸었다. 혼자서 오래 산길을 걸으니 항상 위험이 도사리고 있었다. 어제는 산길을 내려와 논둑길로 접어들었는데 길을 잃어서 한참을 헤맸다고 말했다. 교통사고보다 더 무서운 게 길을 잃는 거거나 산속이나 들에서 만나는 뱀이라고 했다. 그렇게 무서운데 혼자서 왜 산엘 다니느냐고 물었더니 흰 치아가 드러나도록 웃고는 말이 없었다. 다음에 더 들을 수 있을 것 같아 깊이 캐묻지 않았다.

산책에서 돌아오다 죽은 고양이를 묻어주고 오던 주지 스님을 만났다. 흰 고양이가 살던 암자 입구 다리에서 주지와 나는 걸음을 멈췄다.

흰 고양이를 미워했는데 죽고 나니 후회가 되네요. 내가 왜 그랬을까.

한숨 섞인 주지의 말은 아래로, 아래로 가라앉아 다리 아래 사는 새끼들에게도 전해질 것 같았다. 주지와 함께 새끼 고양이들을 찾아보았다. 다리 위에 서서 아래를 샅샅이 훑었지만 보이지 않았다.

노란 줄무늬 새끼 고양이가 까미와 깜돌이의 먹이를 노리는 걸 몇 번 봤다. 어쩌면 어미였던 흰 고양이도 먹이를 훔쳐 먹으려다 까미에게 잡혔는지 모르겠다. 까미는 굵은 쇠사슬로 묶여 있는데도 가끔 쥐나 새를 잡아 옆에 놔두곤 했다. 주지가 까미를 혼낸 뒤 죽은 쥐와 새를 묻어주었다.

주지가 흰 고양이를 미워하는 데는 이유가 있었다. 흰 고양이는 암자에서 백여 미터 떨어진 아랫마을에서 키우는 고양이였는데 문덕이를 자주 만나러 왔다. 그때마다 주지는 흰 고양이를 매섭게 몰아냈다. 그렇게 쫓아내는데도 흰 고양이는 암자 주변에서 살다시피 했고 때로는 문덕이가 마을로 흰 고양이를 만나러 가기도 했다. 산책길에서 두 고양이가 앞서거니 뒤서거니 어울려 노는 모습을 몇 번 보았다.

문덕이는 암자에서 키우는 유일한 수컷 고양이였다. 암자에는 노란 줄무늬 암컷 고양이 두 마리도 함께 살았는데 이름이 둘 다 노랭이였다. 둘은 모녀 사이여서 엄마 노랭이, 딸 노랭이라 구분해 불렀다. 엄마 노랭이가 조금 더 컸고, 딸 노랭이는 젊고 날렵했다. 문덕이까지 세 마리는 모두 노란 줄무늬여서 한 핏줄인 것처럼 보였지만 알 수 없었다. 팔 년 전 들고양이였던 문덕이를 주지가 기르기 시작했다. 그러다 엄마 노랭이가 나타났고, 엄마 노랭이와 문덕이 사이에서 딸 노랭이가 태어났다. 딸 노랭이는 두 마리의 새끼를 낳았는데 그게 한 달 전쯤이었다. 딸 노랭이가 낳은 새끼들의 아빠는 문덕이였고 아직 이름이 없었다. 새끼들 또한 문덕이나 두 노랭이와 같은 노란 줄무늬 고양이였다. 암자에서 사는 다섯 마리 고양이의 생김새는 모두 똑같았다. 문덕이를 닮아 아주 예뻤고 조금씩 크기만 다를 뿐이었다.

엄마 노랭이가 몇 달 전 새끼 세 마리를 낳았는데 어느 날 모두 사라졌다. 아마도 문덕이가 죽였거나 흰 고양이가 물어 죽였을 거라고 했다. 수컷 고양이가 태어나면 문덕이가 물어서 모두 죽여버렸다. 수컷 경쟁 상대를 미리 없애버리려는 것이다. 그리고 죽은 흰 고양이는 노랭이들이 낳은 새끼들을 발견하면 죽여버렸다. 그 또한 자신의 새끼들을 보호하기 위해서 그러는 것이라고 했다. 그래서 주지가 흰 고양이를 미워했다. 엄마 노랭이와 딸 노랭이는 새끼를 낳으면 흰 고양이 눈에 띄지 않게 숨어서 키웠다.

고양이는 새끼를 낳고 서너 달이 지나면 다시 임신할 수 있다. 엄마 노랭이는 또 임신했고 곧 낳을 때가 되었다.

딸 노랭이 새끼들이 처음엔 보이지 않았다. 태어난 지 한 달쯤 후 나뭇단 사이에서 노는 모습이 보였다. 꼭꼭 숨겨두었다가 무슨 이유에서인지 나뭇단 사이로 옮겨 온 것이다. 문덕이가 새끼들을 살려둔 걸 보면 그들은 암컷일 가능성이 컸다.

식사를 마치고 지을은 가벼운 등산 배낭을 짊어지고 차를 끌고 나갔다. 등산로 주변에 주차한 뒤 발길 닿는 대로 대여섯 시간 걷고 나서 버스를 타고 자신의 차로 되돌아오곤 했다. 일주일 전, 지을을 따라 나가 여섯 시간을 함께 걸었다. 뙤약볕에 땀을 흘리며 생각 없이 걷고 나면 해결의 실마리가 보일까 해서 따라나섰는데 아니었다. 하일암에 왔던 날부터 아침저녁으로 주변을 산책했다. 걸어도 걸어도 해답은 나오지 않았다.

따라가고 싶은 마음에 흰색 지프가 모퉁이를 돌아 사라질 때까지 바라보았다.

내 방 창문 너머로 딸 노랭이가 사는 나뭇단이 보였다. 나뭇단 속에서 새끼 고양이 두 마리와 딸 노랭이가 살았다. 나뭇단과 약간 떨어진 바닥에 주지가 놓아둔 먹이통이 있었다. 딸 노랭이가 먹거나 문덕이가 먹기도 했다. 요사채 옆 고양이집에 먹이통이 있지만 딸 노랭이가 나뭇단에 터를 튼 후부터 주지가 임시로 그곳에 먹이통을 놓아두었다. 먹이통 옆에는 빨래 건조대 두 개가 놓여 있었는데 입주자들의 빨래가 늘 널려 있었다.

어제는 비가 왔는데 오늘은 지나치게 햇볕이 강했다. 어제 비가 와서 못 말린 옷까지 건조대는 빈틈이 없었다. 지을의 옷이 건조대 한쪽을 차지하고 있었다. 담이와 나이 차가 크지 않아 옷 입는 스타일이 비슷했다. 겉옷과 속옷, 그리고 양말, 수건들이 내리쬐는 햇볕을 받아내고 있었다. 집 베란다에서 말라가던 담이 옷인 듯 나는 그것들을 습관처럼 바라보았다.

아들이 담이를 처음 보여준 것은 둘이 만난 지 석 달이 지난 즈음이었다. 집 근처 이탈리안 레스토랑에서 처음 만났다. 평소 말이 많지 않은 남편이 웬일인지 그날은 분위기를 주도했다. 덕분에 첫 만남 자리의 서먹한 분위기는 금방 가셨다. 남편이 두어 마디 시작하면 어떤 얘기가 나올지 알겠다는 듯 담이의 얼굴이 느슨하게 풀렸다. 눈이 선하고 맑았다. 어떤 얘기를 해도 놀랄 만큼 빨리 알아들었다. 아들 말대로 담이는 명민한 듯했다. 남편은 그날 새벽 아파트 지하 헬스장에서 운동을 했다. 비가 와서 늘 해오던 아침 산책을 할 수 없어서였다. 운동을 마치고 나오다 지하 주차장 바닥에서 금반지 하나를 주웠다며 주머니에서 꺼냈다. 나는 반지를 낚아채듯 빼앗았다. 망설이는 것 같은 남편 손길이 담이에게 반지를 건네줄 것 같은 모양새였다. 낚아채고 나서 자책이 밀려들었다. 너무 속 보이는 행동처럼 느껴졌다. 반지를 다시 담이에게 줄까, 하는 생각에 어떤 얘기에도 집중할 수 없었다.

얼마 지나지 않아 한 달에 한두 번 담이가 아들 방에서 자고 갔다. 금요일에 퇴근하면 집으로 왔다가 월요일 아침 회사로 곧장 출근했다. 내가 만들어주는 음식보다 시켜 먹는 게 더 맛있다며 나에게 부담도 주지 않았다. 처음엔 딸이 하나 생긴 것처럼 나도 좋았다.

담이가 가고 난 아침이면 주말에 입었던 담이 티셔츠와 반바지, 속옷을 세탁기에 넣어 빨았다. 아들 빨래가 있었지만, 담이 옷은 따로 구분해 돌렸다. 아들 옷에 밴 땀 냄새가 담이 옷에 섞이는 게 싫었다. 다 돌아간 세탁기에서 옷을 꺼내 탈탈 털어 건조대에 널었다. 베란다 바깥 창문을 살짝 열어 시원한 공기를 들였다. 담이의 출근 후 월요일이면 내가 제일 먼저 하는 일이었다. 아들 방에 들어가 바닥에 아무렇게나 흐트러져 있는 담이 옷을 세탁기에 넣고 말리는 일. 담이 옷은 며칠 동안 안방 베란다 건조대에 널려 있었다. 나는 침대에 누워 그 옷을 오래 바라보았다. 목요일이면 다 마른 옷을 걷어 아들 옷장에 넣어두었다. 금요일 저녁 담이가 집에 오면 꺼내 입었다.

나뭇단 곁에서 말라가고 있는 지을 옷에 떨어진 햇볕은 강렬했다. 집 베란다에 떨어지는 햇볕은 늘 아쉬웠다. 담이 옷을 말리기엔 턱없이 부족한 햇살이었다.

하일암은 담이 고향에서 멀지 않은 곳이었다. 담이와 가장 친했던 친구가 하일암 아랫마을에서 살았다. 고등학교 다닐 때 들렀던 하일암에서 잘 익은 보리수 열매와 오디를 따먹던 애기를 나에게 들려주었다. 피부가 하얀 담이는 그날 뜨거운 햇볕에 얼굴이 발갛게 익어버렸다. 하일암 공기가 맑고 깨끗해서 햇볕도 지나치게 강하고 뜨겁게 내리쬔다고 말했다. 하일암에 오면 그때의 담이를 만날 수 있을 것 같은 기대가 있었을까.

나뭇단 앞에 고양이 먹이를 놓아두자 물까치가 날아와 훔쳐 먹었다. 물까치는 빨래 건조대에 앉아 타이밍을 노렸다. 다섯 번 시도하면 한 번쯤 훔쳐 먹었다. 한 마리 또는 두 마리가 건조대에 앉아 차례를 기다리다 먹이를 먹고 날아가면 또 다른 물까치가 날아왔다.

하일암 주변에 논이 많아서였는지 물까치가 흔했다. 까만 머리에 연회색 몸통 그리고 날개와 꼬리가 청회색인 물까치는 참새보다는 컸고 까치보다 조금 작았다. 작은 몸통에 비해 깍 깍 우는 소리는 크고 날카로웠다. 건조대 주변에서 깍깍거리 며 먹이를 노렸지만, 대부분은 실패하고 그냥 날아갔다. 딸 노 랭이는 그저 바라보기만 했다. 한 번도 물까치를 노리지 않았 다. 수십 마리 물까치가 곁에 있는 커다란 고로쇠나무 주변에 머물렀다. 물까치는 종일 깍깍거리며 고양이 먹이 주변을 맴 돌았다.

비가 온 날 먹이를 내가 묵는 건물 처마 아래로 옮겼다. 먹 이가 비에 젖기 때문이었다. 그러자 물까치는 먹이에 접근하 지 못했다. 충분히 먹을 수 있어 보였지만 새들에게는 쉽지 않은 모양이었다. 겨우 팔 길이만큼 옮겨진 처마 밑이었는데 단 한 번도 물까치는 먹이 먹기에 성공하지 못했다. 건조대에 머물며 먹이를 노렸지만 날아오다 되돌아가곤 했다. 처마 아 래는 비어 있는 공간이었고 오십 센티도 튀어나오지 않은 처 마가 물까치에게 어떤 위협이 되는 건지 알 수 없었다.

비가 오지 않는 날에는 먹이를 예전 자리로 옮겨놓고 싶었 지만, 주지가 말렸다. 먹이가 지천인데 굳이 고양이 먹이까지 훔쳐 가는 새들이 괘씸하다고 말했다. 문득 '공중에 나는 새 들도 굶기지 아니하시는 자비의 하느님'이라는, 어렸을 때 교 회 다니며 들었던 얘기가 떠올랐다. 주지는 자비가 모자라는 것인가.

주지는 한 달에 사료 이십 킬로그램 한 포대가 고양이 먹이로 들어간다고 했다. 겨울에는 주변에 사는 들고양이들까지 먹어서 서너 포대까지 사들인다고. 겨울이 지나고 봄이 오면 들이나 산에 개구리도 나오고 뱀도 나오니 먹이가 풍성해져서 들고양이들이 암자를 찾지 않았다. 그래서 주지는 겨울이 싫다고 했다. 서너 달이나 되는 겨울철을 보내려면 고양이와 강아지 사료 비용으로 백만 원이 넘게 들어갔다. 고양이도 사람도 봄이 되어야 들이나 산에 먹을 것이 많아져 살 만하지. 주지가 혼자 중얼거렸다.

그때 고양이 먹이를 훔쳐 먹으려던 물까치가 엄마 노랭이에게 잡혔다. 물까치가 먹이를 노리고 먹이통으로 내려앉는 순간 잽싸게 덮쳤다. 물까치도 재빨리 날아오르나 싶더니 엄마 노랭이에게 잡히고 말았다. 물까치를 물고 엄마 노랭이가 나뭇단으로 올라갔다. 물까치의 저항이 만만치 않아 엄마 노랭이도 흔들리는 듯했는데 놓치지 않았다. 그때 주변에 있던 물까치들이 날개를 퍼덕이며 시끄럽게 울어댔다. 그 소리의 영향인지 멀리 있던 물까치까지 가세했다. 백여 마리쯤 되는 물까치가 나타나 고로쇠나무며 나뭇단 가까이에서 요란하게 지저귀며 날아다녔다. 엄마 노랭이 주변으로 물까치들이 달려들 듯 맴돌았다. 엄마 노랭이는 물고 있던 물까치에 집중하는가 싶더니 놓아주었다. 물까치는 잠깐 비틀거리더니 곧 날아올라 무리에 섞여 사라졌다. 주변을 까맣게 덮었던 물까치 무리는 거의 날아가고 몇 마리만 남아 고로쇠 나뭇가지에 앉아 놀란 가슴을 가라앉히고 있었다.

이 주 일정으로 템플스테이를 신청했다. 암자에 왔을 때 오월에 마쳤어야 할 모내기가 오랜 가뭄으로 막 시작되고 있었다. 예년 같았으면 벼가 삼십 센티는 자라 있을 거라고 주지가 말했다. 올해는 유월에 들어서서야 모내기를 시작했다. 가뭄 탓이었다. 오래 기다린 후, 흙이나마 적실 정도의 비가 와서 모내기를 시작할 수 있었다. 모자란 물은 관개용수를 끌어올려 충당했다.

하일암 앞에 펼쳐진 대부분 논은 주인은 다르지만, 농사는 암자 아랫마을에 사는 젊은 부부가 도맡아 했다.

이른 아침부터 남편은 기계를 돌리며 모내기를 했고, 아내는 논가에 앉아 있다 기계에 모판이 떨어지면 얹어주었다. 산책길에 논에서 일하던 부부를 만나면 인사를 나눴다.

안녕하세요.

네, 안녕하세요.

두 마디뿐이었고 햇볕을 가리려고 쓴 마스크 때문에 얼굴을 볼 수 없어 그 두 마디도 하릴없었다.

마을 어귀에 부부의 집이 있었다. 마을은 스무 가구쯤 되는데 절반은 빈집이었고 나머지에는 나이 많은 노부부나 혼자된 노인이 살고 있었다. 담이 친구의 집도 사람은 살지 않았고 무성한 대나무가 마당까지 파고들어 자라고 있었다. 삐죽이 올라온 죽순도 많았다. 너무 가늘어 먹을 수 없는 것들이었다. 마을에 젊은 사람은 부부뿐이었다. 늦은 오후 산책길에 마을을 지나다 보면 부부의 집에서 음악 소리가 흘러나왔다. 마을을 한참 지나도록 소리가 크게 들렸다.

지을은 음악을 크게 틀어놓아 시끄럽다며 화를 냈다. 나는 마을을 지나다닐 때마다 가슴이 졸아들었다. 개가 크게 짖어서 불안했고, 조용한 마을의 불청객인 듯해 어딘가로 숨고 싶었다. 불청객인 내가 음악이 크든 말든 뭐라 할 수는 없었다. 지을은 그 소리가 싫어 산책로를 마을 쪽으로 잡지 않는다고 했다. 음악 소리를 줄이라고 한마디 해야겠다고 말했다.

며칠 후, 지을과 마을 길을 산책 중이었다. 젊은 부부가 텃밭에서 감자를 수확하고 있었다. 인사를 나누고 감자 캐는 걸 구경하던 우리에게 아내가 감자를 좀 가져가라고 했다. 어차피 잘아서 팔 수도 없다고 했다. 그러면서 감자 한 봉지를 건네주는데 팔아도 될 만한 큼직한 감자도 적잖이 들어 있었다. 감자를 받아 든 지을이 고맙다는 말과 함께 엉뚱하게도 음악 소리가 너무 크다며 줄여달라고 말했다. 잠깐 어리둥절하던 부부는 죄송하다고 했다. 흙 묻은 장갑을 벗으며 소리를 줄이려 남편이 집 안으로 뛰어 들어갔다. 소리가 줄어들자 이제야 우리 대화가 잘 들리네요, 하면서 지을이 웃었다. 음악 소리가 너무 크게 들려서 그동안 마을 길로 산책도 못했는데 이젠 자주 와야겠다며 넉살까지 부렸다. 부부는 다시 고개를 숙이며 미안하다고 말했다. 당당한 지을이 부러웠다.

산책에서 돌아와 암자 마당가에 놓인 벤치에 앉아 있었다. 외출에서 돌아온 주지가 주차도 제대로 하지 못하고 차에서 뛰어내렸다. 급하게 뛰는 주지를 뒤따라갔더니 새끼였던 다리 밑의 삼색 고양이가 문덕이와 뒤엉켜 있었다. 문덕이가 삼색 고양이를 괴롭히는 것처럼 보였다. 주지가 소리쳐 떼어놓는 걸 보고서야 둘이 교미를 하고 있었다는 걸 알았다. 주지는 이미 눈치채고 차 문도 닫지 않고 뛰어간 거였다. 일주일 전에 죽은 흰 고양이의 새끼가 벌써 성묘가 되어 문덕이와 짝짓기를 한 것이었다.

삼색 고양이는 며칠 못 본 사이 새끼 티를 벗을 만큼 훌쩍 컸다. 고양이는 노란 줄무늬 사이로 검은색이 섞여 있어 묘하게 더 매력적이었다. 둘을 떼어놓자 삼색 고양이는 도망가지 않고 풀숲에 숨어 문덕이를 지켜보았다. 문덕이는 아무 일 없었다는 듯 마당 잔디 위에 누워버렸다. 임신한 엄마 노랭이가 조금 떨어진 채, 문덕이와 삼색 고양이를 지켜보았다.

풀숲에 숨은 삼색 고양이와 눈이 마주쳤다. 매력적인 맑은 눈으로 빤히 나를 바라보았다. 두려움이 가시지 않은 눈빛이었지만 그렇다고 도망갈 마음도 없어 보였다. 새끼 티를 벗었으나 성묘라고 하기엔 이르고, 그 사이에 있는 매력의 밀도가 촘촘히 느껴졌다. 크고 작은 온갖 잡풀들이 뒤엉켜 자라는 유월의 풀숲은 음습했다. 그 풀숲에 꼿꼿이 앉아 있는 삼색이에게서 강렬하게 끌어당기는 불온의 기미가 엿보였다. 느긋하고 편안하게 누워 있는 문덕이를 삼색이가 뚫을 듯 바라보았다. 묘한 기운이 풀숲 삼색 고양이에게서 뿜어져 나왔다. 담이는 삼색 고양이를 닮았다.

담이도 푸릇하고 싱그러운 기운이 넘쳤다. 행동거지에 거리낌이 없어서 발랄해 보였고, 티 없이 맑고 깨끗했다. 그녀가 움직이는 자리마다 유월의 풀 향기가 나는 듯했다. 그녀는 자주 거실에 나와 오래전의 드라마를 챙겨보았다. 십 년도 지난 코믹드라마나 순정드라마를 보며 큰소리로 웃기도 하고 심각해지기도 했다. 그녀가 보는 화면에서는 지금은 늙어버린 배우의 젊었을 때 모습이 오갔다. 시계가 거꾸로 돌아갔고 나도 이십여 년 전 시점으로 돌아갔다. 그럴 때, 담이는 드라마에 푹 빠져들었고 나는 둥글고 불그스름한 담이 얼굴에 빠져들었다.

여덟 살이 된 문덕이는 다른 고양이들과 싸우다 귀가 뜯겼고 걸음도 느리고 눈이 자주 짓물렀다. 젊어서는 아주 잘생긴 고양이였다고 했다. 그래서인지 두 노랭이도 예뻤다. 삼색 고양이는 두 노랭이의 미모를 훨씬 뛰어넘었다.

문덕이는 여러 마리의 암컷을 거느렸고 덩치는 컸으나 울음소리는 아기 고양이처럼 맑고 작았다. 야옹야옹, 하고 울 때는 새끼 소리인가 착각할 정도였다. 문덕이가 울면 두 마리 노랭이들이 천천히 문덕이에게 다가갔다. 문덕이는 그렇게 작은 소리로 그들을 불러 풀숲으로 들어가거나 마당 모퉁이에서 함께 놀았다. 노랭이들은 문덕이에게 자기 몸을 기대거나 장난을 걸었다. 문덕이는 귀찮다는 듯 깨무는 시늉을 했다. 얌전해진 노랭이들은 문덕이 주위를 맴돌았다.

문덕이 몸에는 진드기가 많았다. 노랭이들은 사람이 다가가면 멀리 도망갔지만 문덕이는 오히려 다가왔다. 다가와 다리에 몸을 비비고는 잔디나 자갈 위 어디든 누웠다. 처음엔 비닐장갑을 끼고 진드기를 잡았는데 예고 없이 다가와 다리에 몸을 비비고 누우면 장갑을 가지러 갈 시간이 없었다. 진드기를 잡기 위해 몸을 헤집으면 털이 뭉텅이로 빠졌다. 날아오른 털이 내 얼굴과 몸에 들러붙었다. 풀숲을 헤치고 다녀서인지 매일 잡아도 문덕이 몸의 진드기는 사라지지 않았다. 노랭이들 몸에 있던 진드기가 옮겨붙은 것인지도 몰랐다. 맨손으로 진드기를 잡아떼 바닥에다 버렸다. 그곳에 문덕이나 노랭이들이 누우면 다시 옮겨붙을 걸 알았지만 하나하나 죽일수도 없었다. 언젠가는 지을이 모기약 스프레이를 가져와 진드기 버린 곳에 뿌렸다.

흰 고양이가 죽은 후 하일암 분위기는 어수선했다. 까미와 깜돌이 밥을 챙기던 주지 목소리도 어딘가 어색했다. 서로에게 위로가 필요했다. 낯선 사람들이 모인 곳에서 얘깃거리의 중심은 고양이였다. 암자 내에서 살고 있지 않았지만 흰 고양이의 죽음은 나쁜 일의 징조 같았다. 수리부엉이가 마당에서 놀던 새끼 고양이를 채갔던 일도 있었지만 까미가 고양이를 죽인 일은 더 안 좋은 느낌이었다. 그런데 흰 고양이가 죽은 지 며칠 만에 새끼였던 삼색 고양이가 엄마 자리를 꿰찼다.

저노무 시키는 엄마하고도 딸하고도 붙어먹어서 창피해 죽겠어요. 아유, 저거는 부끄러운 것도 몰라.

주지가 문덕이를 볼 때마다 자주 하는 소리였다. 지나가는 문덕이에게 알은체를 하려는 것인지 싫어서 그러는 건지 알 수가 없었다.

문덕이에게 중성화 수술을 해줬어야 했는데.

주지의 말을 지을이 재빨리 받았다.

작년에 내가 너무 바빠서 귀 치료만 하고 말았잖아요. 그때 중성화를 시켰어야 했는데. 그럼 이번에 할까요?

그냥 둬요. 수컷이 있어야 해요. 그래야 암자에 들어오는 뱀도 잡고.

주지가 가장 좋아할 줄 알았는데 아니었다. 매일같이 중성화 수술을 시키라고 소리 지르던 사람이 맞나, 의아했다. 주지와 지을이 진지하게 중성화 얘기를 주고받던 일들은 없었던 일이 돼버렸다. 주지는 시치미 뚝 떼고 가버렸다.

작년 지을이 암자에 있을 때 문덕이는 귀가 반쯤 찢어져 들어왔다. 들고양이들 짓이었다. 젊을 때는 그러지 않았는데 문덕이가 나이가 들고 행동이 느려지면서 자주 상처를 달고 들어오더니 드디어 귀까지 찢어진 것이다. 처음엔 그냥 두면 낫겠지 싶었지만 나을 기미가 보이면 문덕이가 핥아서 상처가 덧나곤 했다. 지을이 병원에 데리고 다닌 후에 어렵사리 나았다. 지금은 오른쪽 귓불이 반나마 없어진 채였다.

암자 뒤뜰 나뭇단 사이에서 새끼 두 마리를 키우고 있던 딸 노랭이는 처음엔 새끼들을 숨겨 키우더니 어느 날부터 새끼들이 기어 나와 왔다갔다 하는 모습이 보였다. 템플스테이 입주자들은 매일 아침 꼬물거리는 고양이를 보는 것으로 하루를 시작했다. 새끼들은 밖으로 더 멀리 나오지도 않고 사람이 보면 몸을 움츠리거나 나뭇단 사이에 숨어버렸다. 딸 노랭이도 빤히 마주 보며 경계했다. 그러다 나뭇단 가운데쯤에 있던 집을 왼쪽 구석으로 옮겨버렸다. 사람들이 자주 들여다봐서 옮긴 것으로 짐작했는데 아니었다. 다리 아래에서 자라던 삼색 고양이가 문덕이와 교미를 한 후 딸 노랭이 집 근처로 이사 온 것이다. 딸 노랭이 집은 처음에 왼쪽 나뭇단 끝에 있었는데 갑자기 중간쯤으로 옮기더니 다시 왼쪽 끝으로 되돌아갔다. 그리고 오른쪽 끝에는 삼색 고양이가 자리를 튼 것이다. 문덕이가 양쪽 나뭇단 끝을 자주 드나들었다. 삼색 고양이는 잘 볼 수 없었지만 느릿한 걸음으로 문덕이가 자주 그곳을 드나들었다. 나는 삼색이가 그곳에서 나오길 기다리며 나뭇단을 지켜보곤 했다.

아들 방에서 나오지 않는 담이를 소파에 앉아 기다렸다. 담이를 처음 만났을 때 내가 남편에게서 가져왔던 반지에다 블루 사파이어를 더해 리메이크했다. 아들이 잠든 사이 집 근처 공원을 둘이 산책했다. 반지는 작고 예쁜 담이 손에 잘 어울렸다. 반지를 리메이크하고 기다리는 동안 좋았다. 받아 들 때의 반응이 궁금했고 반지를 낀 담이 손이 어떤 모습일지 기대감에 벅찼다. 사파이어는 손가락에 묻힐 듯 존재감이 적었지만 그래서 더 잘 어울렸다. 담이는 활짝 웃으며 나를 꼭 안아줬다. 어디선가 진한 꽃향기가 날아왔다.

아주 잠깐의 순간에도 많은 생각들이 오간다. 나중에 떠올려보면 그 생각들이 기억나기도 하고 사라져버리기도 하지만. 지을과 드라이브에 나선 길이었다. 이차선도로였고 길이 약간 구부러진 곳이었다. 나는 운전하며 지을과 대화에 빠져 있다가 커다란 뱀이 도로 중간에 있는 걸 갑자기 보게 되었다. 길이가 삼 미터도 더 되어 보이는 기다란 뱀이었다. 저걸 피할수 있을까? 하는 순간 뱀을 밟고 지나쳐버렸다. 피하려면 중앙선을 침범해야 했다. 아마도 내가 대화에 깊이 빠져 있지 않았다면, 커브 구간이 아니었다면 그 뱀을 피할 수 있었을 것이다. 뱀을 목도한 순간 '저 뱀은 이상하네, 왜 저렇듯 이상한 모양새를 하고 차도 복판에 있지? 뱀은 갈지자로 가로지르거나 똬리를 틀고 있거나 하지 않나, 대체로?' 하는 생각을 얼핏 했던 것 같다.

텃밭에서 해바라기를 하고 있던 뱀을 봤다. 나는 상추를 뜯으러 암자 뜰에 있는 텃밭에 가곤 했다. 장마철이라 더 무성해진 풀을 뽑기도 했다. 풀은 이삼일이면 뽑아낸 만큼 다시 자랐다. 들인 품이 아까웠지만 안 뽑을 수도 없었다. 저녁 어스름이 깔리던 시각에 옥수수밭에서 풀을 맸다. 산책을 다녀오던 길이었는데 풀을 매는 잠깐 사이에 양쪽 발목 둘레를 모기가 잔뜩 물어놨다. 이른 여름이라 모기가 힘이 없었는지 심하게 가렵지는 않았으나 발갛게 부풀어 올랐다. 모기에 뜯긴 자국은 붉은 두드러기가 나 있는 것처럼 지저분해 보였다.

크지 않은 텃밭이지만 스무 종이 넘는 채소나 과일들이 자라고 있었다. 상추밭은 세 군데였는데 그곳은 상추가 대째 뜯겨 있었다. 세 곳 중 제일 먼저 심어 웃자란 대를 꺾어 보살이 상추 김치를 담갔다. 듬성듬성 밑둥치만 남은 상추밭에 유혈목이인 듯 보이는 초록색 뱀이 똬리를 틀고 앉아 해바라기를 하고 있었다. 내 발소리를 들었는지 유혈목이는 몸을 움직여 천천히 산으로 올라갔다. 그 순간, 네 영역에 내가 침범했구나, 하는 생각이 들었다. 텃밭은 하일암 뒷산과 닿아 있었다. 유혈목이는 나무들이 무성하게 자란 습한 숲에서 나와 잠깐 해바라기를 하고 있었던 것으로 여겨졌다.

마을 산책길에서 봤던 뱀은 갈지자를 그리며 스스륵 돌담으로 사라졌고, 텃밭에 있던 유혈목이는 똬리를 튼 채 앉아 있었다. 그런데 도로의 뱀은 기묘한 상태였다. 보일러 배관 파이프인 듯 타원형 나선으로 늘어져 있었다. 머리는 위로 올려 고개를 빳빳이 든 채여서 저런 이상한 모양으로 도로 가운데 있는 뱀이라니, 라는 생각을 순간적으로 했었다. 뱀을 밟았다는 느낌은 전혀 없었다. 삼 미터는 됨직하게 길었지만, 몸통은 굵지 않았다. 뱀을 지나치고 백미러로 바라봤다. 뱀은 들고 있던 머리를 사시나무 흔들리듯 파르르 떨고 있었다. 끔찍했다. 수년은 자랐을 뱀을 차로 밟다니. 하필이면 그 순간 왜 도로를 가로막고 있었을까? 지나가는 것도 아니고 해바라기를 하고 있던 것도 아니었을 테고, 나는 몹시 불편했지만 어쩔 수 없었다.

외곽순환도로 회전 구간이었다. 뱀을 밟은 지 한 시간도 채 지나지 않았다. 까만 새끼 고양이 한 마리가 도로에 앉아 조금 전에 지나친 뱀처럼 머리를 심하게 흔들고 있었다. 이미 어떤 차에 치였는지 몸을 움직이지 못한 채 도로 가운데 있었다. 급회전 구간이라 어찌해볼 도리 없이 그곳을 지나쳐야 했다. 백미러를 통해도 보이지 않는 시야였다. 그저 앞 차를 따라 지나치는 수밖에 없었다.

머리를 심하게 떨고 있던 모습이 자꾸 떠올랐다. 이상하게 느껴졌던 건 꼬고 있던 뱀의 모양새였다. 저녁을 먹고 양치를 하면서 낮에 봤던 뱀이 떠올랐다. 왜 하필 그 시각에 그곳에 있었을까. 도로를 건너려던 것이었을까. 아, 그 뱀은 내가 처음 밟은 게 아니었구나. 이미 움직일 수가 없었어. 그래서 이상한 모양으로 있었던 거야. 고개는 들고 있었고 몸은 움직이지 않았어. 꼬리는 물론이고. 오로지 머리만 꼿꼿이 세운 채

도로에 늘어져 있을 수밖에 없었던 거지. 내가 세번째쯤 밟고 지나갔을까. 양치질하며 바라본 거울 속에 마른 내 얼굴이 비쳤다. 나는 짐짓 아무렇지 않은 표정을 지었다. 내가 처음 그 뱀을 밟은 게 아니야. 혀를 내밀어 깊숙한 곳까지 닦았다. 뱀의 혀처럼 내 혀가 길게 비어져 나왔다.

시골에 혼자 살고 있는 엄마를 자주 찾아가곤 했다. 지난봄에도 엄마를 만났다. 단둘이 있으면 온갖 얘기들을 하게 되고 그러다 보면 처음 듣는 얘기도 많이 흘러나왔다.

장마가 오려고 그랬는지 바람이 거칠게 몰아치던 날이었어. 건넛집 뒤뜰 대나무가 마구 흔들리는 걸 바라보고 있었으니까. 햇볕이 말갛고 따뜻한데 바람은 왜 이리 거세게 몰아치나 싶었지. 그래도 볕이 너무 좋아 마루에 나와 해바라기를 하고 있었어. 바람에 몸을 맡기고 맘껏 휘어지는 대나무를 부러운 듯 바라보며 앉아 있었지. 무슨 기운이 남아 있는지 아직 소를 키우고 있던 팔십 먹은 노인네 문씨가 집 앞을 지나치는 듯하더니 마당으로 들어오더라고. 내 옆에 털썩 주저앉더니 검은 비닐봉지를 내미는 거야. 이거 드세요, 하면서. 뭐예요? 하고 보니까 과자 두 봉지가 들어 있더라고. 웬 과자예요? 문씨나 드세요, 하고 봉지를 밀쳤지. 그랬더니 다시 내 쪽으로 밀면서 드세요, 맛있어요, 하더라고. 잠깐 얘기를 했을 거야. 날씨 얘기, 얼마 전 죽은 박씨 얘기. 아마 십 분도 안 앉아 있었을 거야. 밤에 어두워지면 올게요, 과자 드세요, 하더라고. 뭐지? 하는 느낌에 뭐라고요? 하고 물었어. 그랬더니 어두워지면 다시 올게요, 문 잠그지 말고 기다리세요, 하는 거야. 이런 미친 노인네가, 하는 생각에 과자가 든 검은 봉지를 냅다 마당에 던지면서 가져가세요, 하고 벌떡 일어났어. 손과 발이 부들부들 떨리더라고. 문씨가 어기적어기적 나가는 거야. 뒤쫓아가서 마당에 떨어진 봉지를 집어 길로 나선 문씨에게 던졌어. 그러고는 뒤도 안 돌아보고 방으로 들어왔지. 문씨가 죽고 나니 허무해지더라고. 내가 그때 왜 그랬을까. 친절할 수는 없었을까. 젊어 한때 황소를 키웠던 문씨가 봄이면 써레질을 해주고 가을이면 고구마밭 이랑을 갈아엎어 고구마를 캐주기도 했는데. 일찍 죽은 너희들 아버지를 대신해 무거운 짐을 들어다준 일도 많았고. 그 과자 봉지를 주섬주섬 챙겼을 문씨가 자꾸 떠오르는 거야. 양파링을 보면 더 생각이 나더라고. 왜 하필 양파링을 사 온 걸까. 검은 비닐봉지에 든 과자 두 개 중 하나가 양파링이었어. 다른 하나는 뭐였는지 기억도 나지 않아. 아마 건빵이었을 거야. 왜 너무 흔하거나 익숙하면 으레 그러려니 하고 지나치고 말잖아. 그래서 나중에 기억할 수 없고. 양파링은 예상치 못한 것이라 기억나는 걸 거다.

양파링은 중요치 않았다. 그런데 그날 있었던 일은 양파링으로 기억될 것이다. 양파링만 보면 그 일이 떠오르는 걸까. 내가 그날 양파링을 사 가지 않았다면 엄마는 나에게 그 얘기를 했을까.

나는 담이에게 타코야키를 사주며 물을까.

마트에 가던 길이었다. 평소에 보지 못했던 트럭이 주차되어 있고 사람들이 길게 줄을 서 있었다. 웬 줄이 저리 길까. 타코야키 트럭이었다. 한 번도 타코야키를 산 적이 없었고, 아이들도 나도 좋아하지 않았다. 줄을 서 있는 사람들을 보며 호기심이 생겼고, 마침 시간 여유도 있었다. 줄 뒤에 붙어 섰다. 굽는 판이 아주 커서 잠깐 줄을 서면 될 것 같았는데 내 앞에서 딱 끊기고 다음 판을 기다려야 했다. 기왕 기다렸으니 한 판 더 기다린들 대수랴, 하면서 십여 분을 기다려 타코야키를 샀다. 아들을 불러 타코야키를 건넸더니 관심이 없었고 대신 담이를 방에서 데리고 나왔다. 담이는 열 개나 되는 타코야키를 그 자리에서 모두 해치웠다.

타코야키는 담이가 가장 좋아하는 군것질거리였다. 내일 암자를 떠나는 날이다. 타코야키 트럭이 아직도 그 자리에 있을까.

상
습
결
빙
구
간

고속도로에 들어서자 오빠는 150킬로로 달렸다.

　도로에는 화물차들이 많았다. 앞서 달리는 화물차에 빨려들 듯 바짝 다가서곤 했는데 그때마다 오빠는 재빨리 옆 차선으로 바꿔 내달렸다. 금방이라도 부딪칠 것 같았다. 차선을 바꾸는 순간 옆에 다른 차가 있었으면 어떻게 됐을까. 내 손에 식은땀이 배어 나왔다. 차 안은 새벽어둠처럼 가라앉았다. 다들 말이 없었고 앞만 주시했다. 또 화물차와의 거리가 좁혀졌고, 기다렸다는 듯 오빠는 재빨리 차선을 바꿨다. 150의 속력은 140으로 내려가거나 160으로 올라갈 때도 있었다. 이차선 고속도로는 노면이 거칠었고 자주 회전구간이 나타났다. 어둠이 걷히기 전이라 밖은 깜깜했다. 나는 창문을 열었다.

얼음처럼 차가운 바람이 얼굴을 덮쳤다. 드센 바람 소리에 귀까지 먹먹해졌다. 잠깐 시원했지만 금방 몸이 얼었다. 겨울 새벽 추위는 매서웠다.

우리 얘기에 오빠가 기분 나빠할 게 아니잖아.

막내는 감정을 누르고 있었다.

사촌 오빠 부부와 고모 병문안을 다녀올 때도 어찌나 속도를 냈던지 내릴 때 사촌 오빠 부부의 얼굴이 새하얗게 질렸다. 사촌 올케는 다시는 오빠 차를 타지 않겠다고 했다.

오빠는 그날 고모에게 한마디 말도 건네지 못했다고 했다. 고모가 계신 곳은 노인요양소였는데 그곳에 이 년째 입원해 계셨다. 요양소는 입구에서부터 묘한 냄새가 났다고 했다. 커다란 병실에는 사면으로 침대가 벽에 머리를 두고 놓여 있었다. 이불을 둘둘 말고 누운 환자는 커다란 누에고치 같았다. 보호사 두세 명뿐 병실에 환자의 가족은 보이지 않았다. 오빠와 사촌 오빠 부부는 고모 얼굴만 바라보다 곧 나올 수밖에 없었다. 고모는 미동도 없이 누워만 계셨고 고모, 하고 불러도 대답이 없고 움직임도 없었다. 정신이 맑을 때 아들은 못 알아보는데 당신이 키우셨던 장손자만은 알아본다고, 다녀왔던 오빠에게 들었다.

오빠의 고속도로 과속은 고향집을 오가며 습관이 된 걸까. 오빠는 한 달에 한 번쯤 편도 여섯 시간 거리의 시골집을 다녀오곤 했다. 지루하기도 했을 것이다. 가족을 태우고 갈 때도 있었지만 그렇게 여섯 시간씩 운전하다 보면, 일 분이라도 줄이고 싶었을 것이다. 그러나 습관이려니 하고 넘기기엔 불편했다. 오빠는 여의치 않은 삶을 견딜 수 없었던 걸까.

며칠 전, 오빠는 시내에서 가벼운 접촉사고를 냈다. 오르막 도로였는데 곁에 앉은 딸과 얘기하다 한순간 시야를 놓쳐 앞 차 범퍼를 들이받고 말았다. 오빠는 평소 브레이크가 말을 잘 듣지 않는 느낌이었다고 했다. 오르막이었으며 속도도 빠른 게 아니었다. SUV 앞 차는 말짱했는데 오빠 차는 앞 범퍼는 물론 엔진까지 부서졌다. 십 년 된 차였고 주행 기록이 삼십구만 킬로미터라고 했다. 일 년에 삼만구천 킬로미터를 달린 셈이다. 영업직 일을 하는 것도 아니었다. 조수석에 앉아 있던 언니가 내 차는 일 년에 게이지가 칠천 킬로미터 정도던데, 하고 말했다. 그 순간에는 하지 말았어야 할 얘기였다.

오빠, 강 서방이 오빠에게 부탁할 게 있대. 자기 홀아비 신세 되고 싶지 않으니까 제발 속도 내지 말고 천천히 운전해 달래. 막내가 차에 오르며 오빠에게 한 말이었다. 조수석에 앉은 언니도, 뒤에 앉은 나도 한마디씩 거들었다. 느긋하게 천천히 여유 있게 가자. 굳이 빨리 도착할 필요 없잖아. 언니도 나도 최대한 부드럽게 말했다. 오빠의 표정이 굳어졌다. 그럴 때면 오빠의 얼굴은 약간 부풀어 올랐다. 볼이 불룩해지고 핏발선 눈은 더 커졌다. 차 안에 긴장감이 돌았다. 막내가 오빠, 오랜만에 보니 얼굴이 더 멋있어졌네, 하고 분위기를 돌렸다. 기분이 좋지 않은 듯 오빠는 여전히 말이 없었다. 엄마가 늘 쌀쌀 운전해서 내려와라, 하잖아, 쌀쌀. 나는 고향 사투리를 섞어가며 오빠 기분을 풀어주려 했지만 별무신통이었다.

노환으로 몇 년째 누워만 계시는 아버지 애기를 막내가 꺼냈다. 아버지가 누워 계시는 것도 문제지만 곁에서 시중드는 엄마가 힘들어서 걱정이라고 했다. 만나면 늘 하는 얘기지만 뾰족한 방법은 없었다. 몇 마디 주고받다가 슬그머니 다른 얘기로 빠지곤 했다. 오빠는 매일 아침 시골집에 전화를 넣는다. 엄마는 우리에게 오빠가 매일 전화를 한다, 그러기 쉽지 않을 텐데, 하고 몇 번씩이나 말했다. 정말 그러기 쉽지 않을 것이다. 나는 직장 다니느라 바쁘다는 핑계로, 언니는 차가운 성격이어서, 막내는 애들 키우느라 정신없어서 전화를 자주 하지 않는다.

고모의 부고도 오빠가 전했다. 어제 늦은 시각에 전화를 받았지만 서로 의견은 엇갈리지 않았다. 언니 차로 오빠가 운전해서 이른 새벽에 네 형제가 장례식장으로 내려가기로 했다. 어스름한 새벽녘 언니가 오빠와 함께 집으로 왔다.

속도를 줄여달라는 게 잘못은 아니잖아. 무섭다니까.

언니 목소리는 낮았고 날이 서 있었다. 나는 아무 말도 할 수 없었다.

그럼 나는 내릴 테니까 너희들끼리 가. 갓길에 세울게.

오빠가 굵은 목소리로 퉁명스럽게 말했다.

그런 말이 아니잖아.

여전히 차가운 언니 대답 뒤에 내가 목소리를 굴리며 오빠를 달랬다.

마음 풀어. 미안하게 됐어. 이제 조용히 할 테니까 그냥 가자.

곧 휴게소 나오니까 그곳에 세울게. 난 알아서 갈 테니까 너희들끼리 가.

오빠도 고집을 굽히지 않았다. 언니도 분위기 파악이 됐는지 미안해, 그런 뜻은 아니야, 하고 말했다. 차 안은 잠잠해졌지만, 속도는 빨랐고 여전히 밖은 어두웠다.

오빠는 갑자기 시속을 180킬로로 올렸다. 150이 느렸던 모양이었다. 육 개월 전 새로 뽑은 언니의 차는 시속 180킬로에도 흔들림이 없었다. 운전할 맛이 나겠다는 생각도 들었다. 지금껏 150킬로로 달렸는데도 조용했다. 막내가 차에 오르기 전, 오빠는 차가 좋다며 만족스러워했다. 운전대가 약간 뻑뻑하다. 여태 길 안 들었지? 내가 이 차 길들게 해줄게. 운전할 맛이 난다고 했는데 그때는 무슨 얘기인가 했었다. 더 이상 우리는 잔소리를 할 수 없었다. 오빠의 운전 실력을 믿어야지, 하며 체념하게 됐다. 오빠를 휴게소에 두고 갈 수는 없었다.

상습결빙구간이라는 표지판이 스쳐 지나갔다. 상습결빙구간, 살얼음에 덮인 도로가 떠올랐다. 붉은 바탕에 흰 글씨는 나에게 툭 던져진 이혼장처럼 낯설고 긴장이 되었다. 오빠는 미끄러지듯 내달리기를 멈추지 않았다. 오히려 더 빨라지는 듯싶었다. 조수석에 앉은 언니가 길게 한숨을 내쉬었다. 언니도 표지판을 보았을 것이다. 저 긴 한숨은 언니의 트레이드마크다. 빈번하게 길게 내쉬는 한숨은 함께 있는 사람을 불편하게 만들 때가 많다. 언니는 도무지 부족한 게 없는 사람처럼 보인다. 두 번의 자살 시도를 제외하면. 나 병원에 입원했어, 라고 언니에게서 전화가 왔다. 형부가 언니의 자살 시도를 발견하고 병원에 데려간 것이 이틀 전이었다고 했다. 언니는 병원 생활이 무료해질 즈음 스스로 나에게 전화했다. 두 번 모두 왼쪽 손목을 그었다. 두번째는 첫번째 자살 시도 충격이 채 가시기도 전이었고, 상처의 붉은 자국이 사라지기도 전이었다. 형부가 우리에게 알리지 않은 건 형부의 자존심 때문이었을 것이다. 형부는 자신의 아내가 자살을 시도한다는 건 용납할 수 없는 일이라고, 뭐가 부족해서, 라고 말했다. 오빠도 나도 뭐가 부족해서? 라고 물었다. 부족한 게 없으니 살아 있어야 할 이유도 없는 것 같아서. 언니는 병실에 누워 미소 띤 얼굴로 낮게 읊조렸다. 맑고 편안한 목소리 때문에 그 말이 진심인 것처럼 느껴졌다. 두 번 다 이해할 수 없었고 이유를 설명하지도 않았다.

오빠는 두 개 차선을 오가며 삼십여 분을 시속 180킬로로 달리더니 속도를 150킬로로 내렸다. 모두 말이 없었고, 차 안에는 어색한 분위기가 감돌았다. 히터에 데워진 차 안 공기는 답답하고 숨이 막혔다. 창문을 내려 환기하고 싶었으나 엄두가 나지 않았다. 분위기를 바꾸고 싶었다. 나는 직장 얘기를 꺼냈다. 학교급식 조리원 중에 얄미운 사람이 있다, 나이가 어린데도 가장 어른처럼 군다, 그 여자는 튀김류를 유난히 좋아한다, 급식소 사람들은 아이들에게 배식하고 남은 음식을 주로 먹는데 그 여자는 가장 먼저 튀긴 갈치를 숨겨두었다가 꺼내놓는다, 나중에 튀긴 갈치는 눅눅하고 색깔도 맛없어 보인다며, 돈가스가 나올 땐 아이들에게 나눠줄 게 모자라기도 했다. 그런데도 처음 튀긴 돈가스를 숨겨둔다, 몇 번이나 못하게 말렸으나 영양사인 내 말도 듣지 않는다, 생각이 다르면 행동도 다르고 살아가는 방법까지 다른 것 같다…… 언니는 그렇게 생각 없는 사람이 어디 있느냐고 목소리를 높였다. 자기도 애 키울 텐데 어떻게 그런 행동을 할 수 있느냐며 막내도 흥분했다. 그러게, 그렇더라. 나는 창문을 내리고 차 안에 찬 공기를 들였다. 차가운 바람이 들이쳤고 이내 코끝이 시려왔다. 어둠이 가셨는지 검은 물체로만 보였던 화물차의 뒷모습이 선명해졌다. 가까이 다가가도 겁이 덜 났다.

세 시간 만에 P시 톨게이트에 도착했다. 떠날 때는 여섯 시간을 예상했다. 톨게이트에서 장례식장까지는 삼십 분이면 충분했다. 빨라서 좋긴 하다고 말하는 막내 목소리는 가벼웠다. 일찍 도착하니 너희들도 좋지, 하면서 멋쩍은 듯 오빠가 웃었다. 마음껏 달려서인지 기분이 좋아 보였다. 올케는 오빠가 자신보다 동생들에게 더 잘해준다며 형제들이 모일 때면 불만이 많았다. 올케는 지나치게 몸에 살이 없고 가늘어 신경질적인 인상이다. 뷔페식당에라도 가면 올케는 내내 자리에 앉아 있고 오빠는 열심히 음식을 올케 앞으로 날랐다. 올케는 앉아서 음식이 가득 쌓인 접시들을 차례로 해치워 나갔다. 음식 나르느라 땀방울이 맺힐 즈음, 활짝 웃는 얼굴로 오빠는 자리에 앉아 우리와 자잘한 얘기를 나누곤 했다. 올케는 마음껏 양을 채운 뒤 오빠에 대한 불만을 풀어놓기 시작했다. 가만히 앉아서 오빠가 가져다준 음식으로 배를 채우고도 뭐가 부족한지 공감할 수 없는 불만을 털어놓았다. 작고 가는 몸인데 그 많은 음식이 어디로 들어가는지 알 수 없었다. 들어간 음식이 불만의 말로 되돌아 나와 몸에 살이 없는 것인지 모른다. 결혼하기 한 달 전 오빠는 언니를 찾아와 결혼하기 싫다고 말했다. 어쩌다 이렇게 된 것 같아, 그냥 생각이 없었어. 올케는 그때 임신 삼 개월이었다. 결혼하기 싫으면 하지 마, 하고 언니가 달랬다. 스물일곱이었던 오빠는 누나 대하듯 동생인 언니에게 하소연하고 돌아갔다. 오빠는 며칠 후 언제 그런 일이 있었냐는 듯 올케를 데리고 언니를 찾아왔다. 오빠는 아이를 포기할 수 없었다고 말했다. 책임져야지. 나는 우리 집 맏이고 유일한 아들이고 부모님이 지나치게 기대하고 계시잖아. 오빠는 자주 그런 것들에서 도망치고 싶다고 말했다. 난 단지 태어났을 뿐인데 그렇게 되어 있더라. 오빠의 나약함도 단지 그렇게 타고났을 뿐인 것 같다. 그런 오빠였는데 속도 180의 스릴을 즐기다니 무슨 변화가 있었던 걸까.

예상보다 일찍 도착한 우리는 뭘 좀 먹고 들어갈지 어찌할지 얘기를 나누다가 장례식장에서 아침을 먹는 쪽으로 의견을 모았다. 편한 바지 차림으로 왔던 언니는 어딘가에서 옷을 갈아입어야겠다고 말했다. 주차하고 차 안에서 갈아입으면 되지 않을까. 글쎄 주차장이 어떻게 생겼는지 모르고……모두 기분이 가벼웠다. 긴장하고 마음 졸이던 순간은 말끔히 잊어버리고 이르게 도착해서 홀가분하다는 마음만 남은 듯했다. 언니는 주위를 살피다 아무도 없는 주차관리실로 들어갔다. 롱스커트와 정장 스타일 재킷으로 갈아입고 하이힐에 명품 브랜드 작은 숄더백을 들고 나왔다. 검은색으로 통일했지만 허름해 보이는 병원 건물에 어울리지 않는 생뚱맞은 차림으로 보였다. 울퉁불퉁 거친 시멘트 바닥에 겨우 대여섯 대의 주차 공간, 주차관리실이 필요할지 의문스러울 정도로 작고 초라한 병원에 딸린 장례식장이었다. 열 걸음쯤 걸어 주차장에서 곧장 병원 내부로 연결되는 문으로 들어갔다. 반 층쯤 계단을 내려가니 장례식장이 보였다.

표정 관리가 어려웠다. 오랜만에 만나는 사람들이지만 고모가 돌아가셨으니 반가운 인사는 나중이었다. 눈인사를 주고받거나 말없이 어깨를 토닥이는 정도였다. 장례식장에는 서른 명이 채 안 되는 사람들이 두세 명씩 앉아 있었다. 우리는 몇 개 안 되는 테이블 중 가운데를 차지하고 앉았다. 나는 갑자기 종일 이곳에서 어떻게 시간을 보내지, 하고 막막해졌다.

고모의 영정사진은 낯설었다. 내가 아는 고모는 말이 없고 항상 단정하고 아리따웠는데 사진 속 고모는 삭정이처럼 깡마른 노인이었다. 언제부터 저런 모습이었을까. 하긴 고모를 못 본 지도 십여 년이 더 된 것 같다.

고등학생 때 고모 집에 간 적이 있다. 고모가 밭에 있다는 조카들의 얘기를 듣고 고모를 찾았다. 고모는 마늘밭 끄트머리에서 김을 매고 있었다. 흰 수건을 머리에 두르고 쪼그려 앉아 마늘밭에 엎드려 있는 고모를 바라보며 천천히 밭둑길을 걸었다. 마늘 싹은 어른 손가락보다 조금 더 컸다. 가까이 다가가서 고모, 하고 불렀다. 어머, 니가 어쩐 일이니? 하며 고모가 화들짝 놀랐다.

고모와 나는 마늘밭 돌담에 앉아 바다를 바라보았다. 해 질 무렵 짙푸른 바다는 잔잔했고 적막했다.

고모, 바다 참 좋다.

너는 바다가 좋냐? 나는 바다가 싫다.

쓸쓸한 목소리였다. 고모의 그 말에는 모든 얘기가 들어 있는 느낌이었다. 나는 아무 말도 할 수 없었다.

건너편 산자락 보리밭에 삭아가는 볏짚을 두른 초분이 보였다. 초분조차 만들 수 없었던 고모부의 죽음도 바다가 싫다는 말 속에 들어 있었을 것이다. 고모부는 6·25 때 고향을 버리고 월북하던 중 얼마 못 가 길에서 죽임을 당했다. 소식을 전해 듣고 큰아버지가 가서 고모부 시신을 근처 산속에 묻고 돌아왔다. 고모는 한 번도 남편의 무덤을 찾은 적이 없었다. 살기가 퍽퍽해서 찾아갈 엄두를 못 냈고 큰아버지도 무덤 자리를 기억하지 못했다. 고모부를 잃기 한 해 전 고모는 아들을 낳았고 그때는 두번째 아기를 가진 상태였다. 섬에 살던 고모가 두 아들을 데리고 야반도주를 해 더 깊은 섬으로 들어간 것은 그 얼마 후였다.

고모의 무덤도 없게 될 모양이었다. 상가에 도착하고 두어 시간이 지났을 무렵 상주인 사촌 오빠가 오빠와 큰댁 사촌 오빠들을 따로 불렀다. 장손자는 아직 어리고 자신도 눈이 불편하니 어머니는 화장해서 화장터 곁 유택동산에 뿌리겠다고 했다. 사촌 오빠는 오래전 사고로 거의 실명 상태였다. 상주의 결정에 따를 수밖에 없었다. 모두의 마음에 묵직한 돌이 얹힌 것처럼 불편했지만 누구도 이견을 제시하지 않았다. 평생 억울한 삶이었는데 마지막까지 화장장 숲에 버려지다니. 고모의 억울한 삶에 그지없이 억울한 일이 더해진 것 같았다.

입관식을 하니 가까운 가족들은 나오라고 했다. 상주인 사촌 오빠가 장례를 상의하자며 오빠와 큰댁 사촌 오빠들을 모두 불러 모아 장례식장을 나간 뒤였다. 입관식에 참여할 사람이 많지 않았다. 언니가 같이 가자며 나를 끌었다. 고모의 두 며느리와 둘째 며느리의 딸 둘 그리고 언니와 나, 단출했다. 막내는 가지 않겠다고 했다.

주차장에서 장례식장으로 내려왔던 계단을 다시 올라갔다. 주차장에서 장례식장으로 내려가는 입구 문 옆에 아까는 보지 못했던 또 하나의 문이 있었다. 살짝 열린 문틈으로 누군가의 버선발이 보였다. 고모였다.

버선은 너무 컸다. 아기의 작은 발을 포대기가 감싸고 있는 것처럼 버선은 부풀어 보였다. 고모가 살아 있을 땐 저렇듯 큰 버선은 한 번도 신지 않았을 것이다. 산더미처럼 많은 빨랫감을 쌓아놓고 우물가에서 방망이질할 때도 버선발에 물 한 방울 묻히지 않았던 고모였다고 언젠가 엄마가 얘기했다. 그렇듯 여일했던 고모였다. 버선에 손을 대자 딱딱하게 굳은 발이 만져졌다. 버선은 한 겹 면으로 얇았고 먹물 곁에 오래 둔 것처럼 회색에 가까운 흰색이었다. 불룩 튀어나온 뼈마디가 잡혔다. 살집이 거의 없었다.

고모의 얼굴은 잔주름 하나 없이 맑고 깨끗했다. 머리를 빡빡 밀어 스님 같았고 몸집은 작고 가늘어 마른 장작인 듯 초라했다. 말끔한 얼굴에서는 아무것도 느껴지지 않았다. 편안함도 고생스러움도 없는, 아기처럼 작고 깨끗한 얼굴로 표정 없이 누워 있을 따름이었다. 차가운 겨울바람이 가득 들어찬 허름하고 누추한 곳에서 입관이 진행되어도 당신 몫은 아니라는 듯.

장의사가 고모의 온몸을 광목천으로 꼼꼼하게 감싼 뒤 마지막으로 인사드리라고 했다. 고모 앞으로 다가선 큰며느리가 큰 소리로 울기 시작했다. 남편을 먼저 보내고 고모와 함께 살아온 세월의 서러움이 불현듯 솟구쳤으리라. 복잡한 감정이 울음소리에 그대로 담겨 있었다. 하염없는 슬픔만으로는 설명할 수 없는 격한 울음이었다. 저 울음소리를 듣는다면 고모는 어떤 마음일까. 고모를 향해서도, 그렇다고 자신을 향해서도 아닌 것 같은 큰며느리의 울음은 찬바람도 몰아낼 만큼 크고 맹렬했다. 바닥에 주저앉아 고모의 무릎을 붙잡고 울고 있는 큰며느리를 돌아 둘째 며느리가 고모 곁으로 다가갔다. 둘째 며느리는 고모의 얼굴을 감싸 쥐더니 어머니 죄송해요, 죄송해요, 하며 엎드렸다. 뒤에 서 있던 둘째 며느리의 딸들이 엄마를 안아 일으켰다.

장의사는 광목천으로 얼굴을 덮고 마지막으로 고인 가시는 길 편히 가시게 노자나 보태주시라고 했다. 두 며느리가 고모의 가슴께에 펼쳐진 광목 위에 만 원을 놓았다. 언니가 오만 원 지폐 두 장을 놓았다. 장의사는 돈을 천으로 감싸 곱게 접어 챙기더니 관 속에 두루마리 화장지를 넣어 고정하는 작업을 시작했다. 관 속에 움푹움푹 집어넣은 두루마리 화장지는 삼십여 개가 족히 넘는 것 같았다. 머리도 목도 허리도 다리도 발도 화장지로 고정했다. 화장지는 엷게 푼 먹물에 담가 뺀 듯 회색에 가까웠다. 동전만 한 바퀴벌레 한 마리가 재빠르게 관 옆을 지나갔다.

이제 다 마쳤으니 가족들은 나가시면 됩니다. 나가시면서

뒤돌아보지 마세요. 뒤돌아보면 오래도록 고인을 떨쳐내지 못합니다. 장의사의 말에 큰며느리의 울음소리가 뚝 그쳤다. 문을 나서기 전 무심코 뒤돌아본 내 눈에 고모의 버선발이 살짝 보였다. 버선발 끝에 고운 맵시가 남아 있었다.

오빠는 장례식장에 남았다. 다음 날 발인까지 마치고 혼자 올라오기로 했다. 언니가 운전대를 잡았고 내가 옆자리에 앉았다. 내비게이션을 켜고 서울을 향해 출발했다. 셋 모두 초행길이었고 운전도 능숙하지 않았다. 모두 약간씩 겁을 먹은 상태였다. 내비게이션이 가르쳐준 대로 톨게이트를 향해 출발했지만 십 분을 못 넘기고 잘못된 길로 접어들었다. 고가도로로 올라가야 하는데 고가 옆길로 빠지고 말았다. 유턴해서 가면 되겠다 싶었지만 좀처럼 유턴 길이 나오지 않았다. 내비게이션은 직진 방향을 가리켰다. 막내에게 지도책을 꺼내서 봐달라고 하더니 언니는 내비게이션을 무시하고 우회전을 했다. 십여 분을 헤맨 뒤에야 아까 왔던 고가도로로 진입할 수 있었다. 고가에서 만난 두번째 터널을 지날 무렵부터 길이 막히기 시작했다. 퇴근 시각이었다. 삼십여 분이면 갈 수 있는 거리를 한 시간을 넘기고서야 톨게이트에 닿았다. 우리 셋은 오빠 생각이 간절하다며 입을 모았다. 막내가 지도를 보고 내비게이션을 참고하면서 길 안내를 하는데도 매번 버벅거렸다. 결국 두번째 갈림길에서 다른 길로 빠지고 말았다. 다행히 멀지 않은 곳에 돌아오는 길이 있었다. 십여 분 만에 돌아

나올 수 있었다. 이러다 언제 서울에 도착하겠냐며 150을 달려도 오빠가 운전하는 게 낫겠다고 막내가 투덜거렸다.

주유소에 들렀을 때 길을 물은 게 또 잘못이었다. 우리가 제대로 가고 있는지 확인차 물어본 것이었다. 주유소 직원이 더 빠른 길이 있다며 표지판을 가리켰다. 이십 분쯤 가다 갈림길에서 왼쪽으로 빠지라고 했다. 새 도로라서 흰색 차선은 유난히 새하얗고 아스팔트는 흰 김이 올라오지 않을까 싶을 만큼 새까맸다. 이쪽으로 가면 삼십 분을 단축할 수 있다고 했다. 밖은 어스름이 내리고 있었다. 도로는 한적하고 고요했다. 어쩌다 차가 한 대씩 나타났고, 우리 차를 앞질러 지나갔다. 오빠에게서 잘 가고 있느냐는 전화가 왔다. 길을 많이 헤맸고 너무 천천히 운전해서 지루하다고 막내가 얘기했다. 굵직한 오빠 웃음소리가 차 안을 채웠다. 고모를 화장해서 화장장 옆 유택동산에 유골을 뿌리기로 최종 결정했다고 오빠가 말했다. 고모는 마지막 가는 길까지 왜 이렇게 처참하니. 운전하던 언니가 입을 열었다. 막내가 그러네, 하고 말끝을 흐렸다.

삼십 분쯤 달렸으나 갈림길이 나오지 않았다. 언니는 어쩌면 표지판을 지나쳤는지 모르겠다고 했다. 익숙하지 않은 길을 운전해서 피곤하다며 언니는 막내에게 운전을 부탁했다. 갓길에 차를 세웠다. 막내가 차 기능에 대해 이것저것 물었다. 글쎄 잘 모르겠는데, 라는 언니의 대답. 막내가 이리저리

작동해보면서 오히려 언니에게 가르쳐주고 있었다. 딱히 쓸 필요는 없지만 알고는 있어야 할 것들이었다. 막내의 운전은 노련했다. 오빠만큼은 아니었으나 속도도 언니보다 빨랐다. 이십 분쯤 더 달린 후에야 갈림길은 아니고 막다른 길에서 좌측으로 회전하는 도로가 나왔다. 구불구불하고 가파른 오르막길이 계속되었다. 고속도로를 빠져나와 지방도를 달리고 있는 것 같았다. 오가는 차는 전혀 없었다. 어느새 밖은 깜깜하게 어두워져 있었다. 고속도로 진입로가 나타나기나 할까, 목을 길게 빼고 주위를 둘러보던 순간이었다. 갑자기 바퀴가 헛돌아 차가 좌우로 휘청거렸다. 목에서 덜컥 소리가 났다. 도로가 얼어 있던 모양이었다. 뒤따라오는 차가 없어 다행이었다. 그곳엔 상습결빙구간이라는 표지판도 없었다. 관절이 삐끗했는지 목이 몹시 아팠다.

고모의 유골이 유택동산에 뿌려지는 건 너무 안된 일이었다. 살면서 겪은 고초와 불행만으로도 가슴이 아픈데 마지막 가는 길까지 그렇다니. 오빠와 큰댁 사촌 오빠들이 고모의 유골을 싣고 가서 고향 큰아들 무덤가에 묻어드리는 방법도 있다고 언니가 말했다. 그러자 장례 문제에 너무 깊숙이 개입하는 건 상주에 대한 예의가 아닐 수도 있다고 막내가 말을 받았다. 그리고 그건 고모가 정작 원하는 일이 아닐 수도 있어. 아들의 무덤가 모퉁이에 묻히는 게 좋은 것만은 아닐 거야. 언니는 달랐다. 고모가 가장 사랑했던 큰아들 곁인데 더 좋을 수도 있어. 막내도 물러서지 않았다. 술 때문에 그토록 고모를 고생시켰던 큰아들인데? 둘이 곁에 누워 투덕투덕 싸우면 어떡하지. 언니가 오빠에게 전화해서 상주에게 의견을 조심스럽게 타진해보라고 하는 게 어때? 내 말에 언니가 오빠에게 전화했다. 오빠는 썩 좋은 생각은 아닌 것 같고 굳이 그렇게까지 할 필요가 있는 건지도 모르겠고, 그렇게 되면 내일 자신이 이동하게 될 거리가 너무 많아 다음 날 출근하기에도 무리가 있다고 말했다. 어쨌든 시골에 계신 아버지에게 먼저 물어보고 상주와 상의해보겠다며 전화를 끊었다.

한참을 오르다 내리막이 시작되었고 불빛은 여전히 보이지 않았다. 내리막 끝나는 지점에서 다시 고속도로에 진입할 수 있을 것 같아. 깜깜한 어둠 속, 막내는 헤드라이트 불빛에 의지해 운전하면서도 여유가 있었다. 무엇이 옳은지 우리도 알 수 없었다. 굳이 그런 형식적인 무덤을 만드는 게 누구에게 좋을 것인가. 큰며느리 마음은 어떨까. 사이도 좋지 않았던 시어머니. 하긴 냉한 성격에 깔끔하기가 그지없는 시어머니가 털털하고 둥글둥글한 성격의 며느리와 사이가 좋았다면 그것 또한 이상한 일인지도 몰랐다. 그 며느리는 남편 무덤 한 곁에 옹색하게 자리한 시어머니의 유골 묘를 어떻게 바라볼 것인가.

내려갈 땐 오빠와 주고받은 말이 적었는데 돌아오는 내내 오빠와 전화 통화가 이어졌다. 시골에 계시는 아버지는 고향

을 떠난 출가외인이 죽어서 고향에 돌아와 묻힐 수는 없다고
했다. 이건 또 무슨 소리인가. 혼자 남은 고모가 불쌍하다며
생전 자신보다 더 살뜰히 챙겼던 아버지였는데. 아버지가 반
대할 거라는 예상은 누구도 하지 않았다. 고향을 떠난 출가외
인이라니. 시댁 마을 근처에 묻힌다는데 고향은 무엇이며 왜
아버지가 반대하는 걸까. 예상치 못한 벽이었다.

　마음이 어떻게 바뀌었는지 아버지의 허락이 떨어졌다고 했
다. 굳이 아버지의 허락이 필요한 상황은 아니었다. 당신도
침대에 누워 있는 몸인데 판단력이 흐려진 탓인지 모른다. 상
주인 둘째 오빠는 그렇게만 해준다면 정말 고맙겠다고 했고,
사촌 오빠들도 그리 좋은 생각을 누가 했느냐고 물었다. 오빠
들이 고생은 되겠지만 그렇게라도 해드리는 게 고모에게 우
리가 보여줄 수 있는 마지막 애정 아니겠어. 그게 힘이 될 거
야. 한숨을 내쉬며 언니가 중얼거렸다.

　아버지는 오래도록 고모의 논을 경작했다. 우리가 어렸을
때, 가을이 되면 고모는 우리 집에서 열흘쯤 머물다 갔다. 잔
털이 부드러운 아이보리색 스웨터에 꽃무늬 긴 치마를 입은
고모는 서울에서나 살다 온 사람인 양 곱고 귀한 모습으로 나
타났다. 얇은 눈꺼풀이 부드럽게 감기는 모습이 보고 싶었
고, 둥글게 벌어진 입술에서 그랬니? 라는 낯설고 세련된 말
이 나오길 기다리며 우리 형제들은 고모 뒤를 졸졸 따라다니
곤 했다. 추수해둔 벼를 빻고, 큰아들이 배를 타고 데리러 오

면 열 개쯤 되는 쌀가마를 싣고 떠나는 일을 매년 되풀이했다. 어렸을 땐 그저 고모가 집에 머물다 가는 것이 좋았다. 혼자 몸으로 농사를 지을 수 없어 동생에게 의지할 수밖에 없었다는 건 내가 철이 들고 나서야 알게 됐다. 어린 시절 나에게 고모는 친구들에게 자랑하고 싶은 예쁘고 고운 사람이었다.

오빠들 사이에서 고모의 유골을 모시고 고향에 내려가고 간소하나마 제사도 지내야 하는 비용이 문제가 되는 모양이었다. 사촌 오빠들도 고속버스를 타고 내려온 탓에 차를 렌트해야 할 상황이었다. 겁이 많은 오빠는 유골을 실은 차로 대여섯 시간 이동하는 것도 쉬운 일은 아니라고 했다. 오빠다운 발상이었다. 그리 겁이 많으면서 고속도로에서 180킬로를 밟으며 어떻게 운전은 한 건지. 비용은 내가 부담하지, 뭐, 라고 언니가 중얼거렸다.

사람보다 백로가 먼저 살기 시작했는지도 모를 작은 백로마을 가인리. 친정 마을에서 두 시간쯤 걸으면 닿을 수 있는, 고모가 시집가 처음 살았던 곳이다. 마을 뒷산 소나무 숲에는 백여 마리가 넘는 백로가 살고 있다. 마을 안쪽 깊숙이 들어온 개펄에 먹이가 많았다. 백로들은 마을 앞 개펄에 내려앉아 먹이를 물고 소나무 숲에 돌아와 먹었다. 고목이 된 소나무 숲 솔잎은 웃자라지 못하고 가지 끝에 몇 가닥만 보이기 일쑤였다. 백로들은 소나무 우듬지에 가지가 허옇게 드러나면 다른 곳으로 약간 자리를 옮겼다가 다시 푸르게 솔잎이 올라오면 돌아오곤 했다. 몇 해 걸러 대머리가 드러나듯 헐벗은 숲 자리는 아래쪽에서 위쪽으로 다시 가운데 부분으로 옮겨 있곤 했다. 큰오빠가 돌아가셨던 해에는 대머리처럼 헐벗은 숲은 보이지 않았다. 봄에 비가 좋게 왔는지 솔잎이 잘 자랐다는 얘기를 큰오빠 무덤을 지을 때 주고받았던 기억이 남아 있다.

오르막 도로가 끝나는 지점에서도 구불구불한 지방도는 계속됐다. 지쳤는지 막내가 운전대를 나에게 넘겼다. 남의 차 운전하니까 쉬 피로해지는 것 같아. 차 때문이라기보다 어딘지도 모르는 낯설고 어두운 길 운전에 긴장이 더해졌을 것이다. 나는 낯설고 어두운 길이 처음은 아니지, 라고 중얼거렸다. 결혼 삼 년 만에 다시 혼자가 됐을 때 세상은 온통 낯설고 어두웠다. 그때 고모가 떠올랐다.

손자 손녀들도 떠나고 며느리도 자식들 곁으로 떠나 혼자 지내고 있던 고모를 찾아갔다. 이혼하고 가장 많이 떠오른 사람이 고모였다. 연락도 없이 찾아간 나를 본 고모는 기절할 것처럼 놀랐다. 단정하고 고왔던 쪽진머리는 부슬부슬한 커트 스타일로 바뀌어 있었다. 아무렇게나 손에 잡히는 대로 들고 나온 대나무 지팡이를 짚고 아슬아슬한 걸음으로 급하게 걸어 나왔다. 속이 텅 빈 대나무 지팡이는 고모가 걸음을 옮길 때마다 바닥에 부딪혀 텅텅, 울렸다. 내 속에 아무것도 없어, 하고 주인을 대신해 알리는 것 같았다. 거무스름하게 메말라 있는 대나무에 뭐가 들어 있겠는가. 원래부터 비어 있었던 것을.

마당가에는 다듬다 만 쪽파가 수북하게 쌓여 있었다. 김치를 담가 손녀들에게 보내줄 거라고 했다. 겨울이었고 바람이 돌담 틈으로 세차게 들이쳤다. 텃밭에는 쪽파뿐 아니라 겉잎이 약간 시든 배추며 보랏빛 갓이 봄인 것처럼 싱싱하게 자라고 있었다. 눈이 잘 내리지 않는 남쪽 바닷가의 흔한 겨울 풍경이었다. 새삼 낯설었다. 빨랫줄에 걸린 고모의 팬티와 고쟁이가 바람에 이리저리 휘날렸다. 빨랫줄 지지대로 세운 대나무도 바람에 휘둘려 정신없이 흔들렸다. 양쪽을 집게로 집어 놓은 고모 팬티는 빳빳하게 얼어 있었다. 팬티는 고모 엉덩이를 두 번 휘감고도 남을 만큼 컸다. 고모도 팬티를 입는구나.

고모는 굽은 등허리를 하고 기어 다니듯 몸을 낮게 움직이며 저녁밥을 차렸다. 다음 날 새벽 고모가 일어나기 전에 떠나왔다. 전날 밤, 손녀들 주려고 손뜨개로 짰다는 모자를 너도 한 개 가져가서 쓰겠니? 하더니 내밀었다. 그걸 두고 온 게 못내 아쉬웠다. 고모가 깰까 봐 고모 방에 들어갈 수 없었다. 고모가 모자를 내 손에 쥐여주지 않고 내 무릎 닿는 바닥에 놓았던 건 자신감이 없어서였을 것이다. 세련되지도 않고 하찮은, 손으로 뜬 모자를 내가 쓰겠느냐는 고모의 심정. 손녀들 주려고 짠 것인데 나를 줘버리면 되나, 라는 나의 망설임. 그래서 모자를 덥석 받아들지 못하고 그대로 놓아두었었다.

출발한 지 세 시간이 훌쩍 지났다. 언니 차는 나에게도 낯설었다. 고속도로에 진입하면 운전이 좀 더 쉬워질 텐데. 시야는 어둠뿐이었다. 상습결빙구간이라는 표지판이 헤드라이트 불빛에 슬쩍 스치는 순간 바퀴가 미끈, 하고 헛돌았다. 그럴 때 급브레이크를 밟으면 차체가 휙 돌아버린다고 했던, 헤어진 남편 얘기가 떠올랐다. 천천히 속도를 내렸다. 손에 땀이 났다. 길은 구불구불 회전구간이 많았다. 신혼 초부터 남편과는 싸움이 잦았다. 오빠는 아이 없을 때 헤어져라, 아이 생기면 헤어지고 싶어도 못 헤어진다, 싸우려면 왜 결혼했느냐, 라고 질책했다. 가족들 여름휴가 때 바닷가 모래톱을 함께 걷다가 심각하게 남편에게 건넨 말이었다. 남편은 잘못했습니다, 다시는 싸우지 않겠습니다, 하면서 오빠 앞에 무릎을 꿇었다. 그 순간은 진심이었고 싸우지 않으리라 다짐했을 것이다. 오빠가 재빨리 일으켜 세웠고 남편의 칠부바지 양쪽 무릎은 모래톱에 스며든 바닷물에 둥글게 젖어 있었다.

불빛도 없는 산길이 계속 이어졌다. 오가는 차도 없었다. 언니는 곤히 잠이 든 것 같았다. 언니는 고모와 많이 닮았다. 쌍꺼풀 없는 얇은 눈과 가느다란 콧날이 낮에 본 고모와 흡사했다. 언니가 쪽진머리만 했다면 저 나이였을 즈음의 고모와 구별이 어려웠을 듯싶었다.

언니가 고모를 많이 닮았지?

무심코 던진 내 말에 막내는 기다렸다는 듯 재빨리 대답했다.

큰언니가? 오히려 언니가 고모를 닮았잖아.

속삭였지만 막내의 목소리는 단호했다. 그랬었나. 도무지
갈피를 잡을 수가 없다. 하긴 나에게도 언니에게도 고모를 닮
은 구석이 있을 것이다. 막내라고 다를까.

카
페

헤
밍
웨
이

대학 앞 작은 카페를 인수했다. 늘어가기만 하는 빚 때문에 처분할지 망설이고 있던 오빠의 카페였다. 인수하기 전에도 저녁 시간에 그곳에서 나는 아르바이트를 했다. 나는 카페 삼나무 바닥을 토슈즈가 아닌 스니커즈로 디디며 커피와 샌드위치를 팔았다. 카페는 바닥부터 벽, 천장까지 모두 삼나무였다. 스니커즈라야 그나마 토슈즈 느낌에 가까웠다. 믿기지 않을 정도로 일 년이 빠르게 지나갔다. 골반 통증도 조금씩 사라져갔다.

　노트북을 켰다. 어둠이 걷히며 모니터가 푸른 물빛으로 일렁였다. 해진 토슈즈 한 켤레가 사각의 푸른빛 한가운데에 떴다. 좌표를 알 수 없는 바다. 노트북을 켤 때마다 머리를 스치고 지나갔다. 바다…… 표류하는 낡은 조각배. 할머니 집에 있는 내 옛 토슈즈를 우근이 촬영해 초기화면에 넣어준 거였다. 할머니 집에 우근이 처음 왔던 날이었다. 우근은 지금 어디 있을까. 일렁이는 푸른빛은 어릴 때 내가 쓰던 방 벽지 색깔이었다.

블로그에 신혼여행지에서 찍은 사진이 따로 정리되어 있었다. 긴 머리를 뒤로 묶은 우근이 두 팔로 내 어깨를 감싸 안고 있는 사진을 클릭했다. 배경의 나무에 연분홍빛 꽃들이 흐드러지게 피어 있었다. 우근의 품에 등을 맡기고 활짝 웃고 있는 내가 낯설다. 웃는 얼굴 뒤의 우근을 보는 순간 내 웃음을 지워버리고 싶었다. 일 년 전의 사진이라기엔 너무 멀게 느껴졌다.

웃음에 인색했던 우근은 사진에서도 굳어 있었다. 우근은 웃어야 할 때 웃지 않았고 아무도 웃지 않을 때 뭔가를 기침처럼 흘렸다. 웃은 거야? 하고 물으면, 내가 웃었어? 하며 놀라는 표정을 지었다. 굳은 것 같은 우근의 표정은 사실 굳은 게 아니었다. 웃어도 웃는 게 아니었던 것처럼. 우근은 검은 피부였고 속눈썹이 짙었다. 그가 어두운 눈빛으로 바라볼 때면 나는 아득해졌다. 무슨 생각을 품고 있는 걸까. 알 수 없는 갈망과 열기로 가득한 눈빛이었다.

카페 문을 열고 냥할머니가 들어왔다. 오싹하게 차가운 바람이 등에 닿았다. 부끄러운 짓을 하다 들킨 것처럼 서둘러

블로그를 닫았다. 화면에는 다시 푸른 바다와 토슈즈가 떴다.

폐지를 높게 쌓아 쓰러질 듯 위태로운 냥할머니의 캐리어가 카페 데크 아래 길가에 놓여 있었다. 창가 테이블에 앉은 손님이 냥할머니의 움직임을 좇았다. 회색 몸뻬바지에 진청색 스웨터, 쪽진머리에 은비녀를 꽂은 냥할머니가 카페에 들어서는 모습은 누구에게나 낯설 것이다. 냥할머니는 사람들의 그런 시선에 익숙했다. 요즘엔 자주 오는 손님 곁에 쪼그려 앉아 얘기도 곧잘 했다.

냥할머니가 커피머신 맞은편 바에 걸터앉았다. 등받이 없는 의자에 앉은 냥할머니는 불안해 보였다. 짧은 다리가 허공에 떠 있었다. 노트북 화면을 닫고 할머니를 마주 보았다.

왕코, 어디로 보냈어?

왕코가 늘 묶여 있던, 카페 밖 데크를 돌아보며 냥할머니가 물었다.

가까운 데.

가까운 곳? 왕코가 없으면 카페가 텅 빈 거 같아. 그 큰 덩치가 없으니.

어쩔 수 없어. 내가 힘들어서 안 돼.

그래, 이번엔 누굴 따라간겨?

사진과 여학생이 데려갔어. 싱긋싱긋 꼬리 흔들면서 따라가던데. 성대가 있었다면 컹컹 짖는 소리가 무지 컸을 거야.

정이 헤픈겨, 왕코가. 카페 주인이랑 닮았지 뭐.

암튼, 행복한 얼굴이었어.

그려, 잘 갔어. 지 살려고 그런 거지.

말이 툭 끊겼다. 담배 한 개비 피울 시간쯤 지났을까, 커플처럼 보이는 남녀 손님이 카페로 들어왔다.

무슨 커피야?

손님에게 내가려는 커피를 보고 냥할머니가 물었다.

아인슈페너.

나도 그거 줘.

아인슈페너보다 카페라테가 나을 거야. 달달하게 만들어줄게.

오빠는 갔어?

응, 미안해서 오늘부터 내가 다시 하겠다고 했어. 내가 사장이잖아.

그래, 움직여야 힘이 생기지. 집에 박혀 있으면 안 돼.

오빠가 내일도 봐준다고 했는데 오지 말라고 했어. 오빠 집이 좀 멀어야지.

사장님, 오천 원만 빌려줘. 이따 저녁에 폐지 팔면 갚을게.

할아버지 약값 떨어졌어?

사장님, 왜 화장했어?

딴소리는……

사장님은 화장 안 하는 게 훨씬 예뻐. 피부도 아기처럼 곱잖아. 화장하지 마.

울어서 눈이 부었어. 화장하면 감쪽같잖아.

그려, 맘대로 해. 눈물이 흐르는데 막을 수는 없지. 움푹움푹 쏟아지는 걸 어떻게 막아. 하지만 빨리 끝내. 몸 상해. 우근이 놈은 지 복을 지 발로 찬겨. 왕코랑 같어. 아무나 따라가는 거.

냥할머니는 오빠가 카페를 할 때부터 알게 되었다. 카페 왼쪽으로 승용차 한 대가 들어갈 만한 공간이 있었다. 폐지를 모아둘 곳이 필요했는지 냥할머니는 언젠가부터 그곳을 쉼터 삼아 썼다. 그곳에 폐지를 가져다 놓고 어디선가 주워온 낡은 소파에 앉아 쉬어 가곤 했다. 춥거나 덥거나 바람이 불거나 한결같이 냥할머니는 폐지를 모았다.

소파에 앉아 함께 담배를 피우다 친구가 되었다. 금방이라도 접힐 것 같은 자그마한 몸피가 귀여운 고양이를 닮았다며 우근이 붙여준 이름이 냥할머니였다.

며칠 잠을 못 잤다. 빚을 얻어 물려준 게 미안했던지 오빠는 말없이 가게를 봐주었다. 집 안에 틀어박혀 혼자 술을 마셨다. 몸이 무겁게 가라앉아 움직일 수 없었는데 눈은 감기지 않았다. 아침햇살이 방 안으로 기어들면 머릿속은 더 또렷해졌다.

우근의 짐은 집 안에 고스란히 남았다. CD가 가득 꽂힌 장식장으로 햇살이 길게 내려앉았다. 껌값보다 못한 중고 CD를 그렇게나 끌어모으더니. 나쁜 인간. 다 가져가지. 몸만 쏙 빠져나가다니. 어울리지 않게 골프채는 왜 산 거야? 두 달이 지나도록 포장도 안 풀 거였으면서. 나와 헤어지려는 결심을 두 달 전에는 안 했단 말이야? 이런저런 물음이 꼬리를 물며 이어지다가 도대체 이해할 수 없다는 데까지 미치면 머릿속이 헝클어졌다. 이 년 동안 나를 죽어라 따라다닌 건 뭐야? 밤새 이어지는 질문에 지쳐서 나는 모든 것을 담배, 담배꽁초 탓으로 돌렸다.

친할머니 집에 살던 때 할머니가 나에게 물었다.

이상하지, 네 방 창문틀에 어째서 늘 담배꽁초 한 개가 놓여 있지? 내가 매번 갖다 버리는데도 다음 날이면 또 창문 틈에 끼어 있어. 네가 그러는 줄 알았는데 네가 피우는 담배가 아니더구나.

우근밖에 없었다. 집으로 매일 살금살금 나를 데리러 오고 데려다줬으니까.

우근은 나를 집으로 들여보내고 담배 한 개비가 다 타들어갈 때까지 창문 밖에 머무르다 갔다. 할머니 얘기를 듣고 난 뒤 담배꽁초를 내가 거두어들였다. 모아둔 담배꽁초가 큰 유리병에 가득 찼다. 병을 또 구하기보다는 우근과 함께 사는 게 오히려 덜 귀찮을 것 같아, 라고 친구들에게 말했지만, 그때는 이미 우근 없이 살 수 없노라 수천 번 다짐하던 즈음이었다. 쓰레기밖에 안 되는 담배꽁초를 왜 모았을까.

카페에 손님은 둘뿐이었다. 한가할 때마다 그랬듯 바에 놓인 노트북을 들여다보았다. 떨어진 우유는 천천히 사 오면 되지, 중얼거리며 의자에 앉았다. 마우스를 움직이자 토슈즈가 부르르 떨었다. 그것도 우근의 솜씨였다. 엄지발가락 자리에 뚫린 구멍이 동굴처럼 어두웠다.

발레를 정확히 언제부터 배웠는지는 기억나지 않았다. 처음 신었던 발레 슈즈가 할머니 집 내 방에 걸려 있었다. 바닥이 검고 반들반들한 발레 슈즈는 할머니와 나의 시간을 품고 낡아가는 중이었다. 어렸을 때, 엄마가 아닌 할머니 손을 잡고 발레학원에 다니는 아이는 나뿐이었다. 할머니는 레슨이 끝날 때까지 연습실 밖 복도에 오도카니 서 있다 나와 함께 집으로 돌아오곤 했다.

우근이 집을 나간 뒤로 노트북 부팅이 편치 않았다. 그는 왜 바탕화면에 토슈즈를 띄워놓았던 걸까. 바닷빛 위로 토슈즈가 기지개를 켜면 엄마와 함께 발레학원에 다니는 아이들 속에서 주눅 들던 느낌이 되살아났다. 절도 있는 발레 선생님의 목소리와 엄마들의 잦은 탄성 따위 할머니는 아랑곳하지 않았다. 할머니는 혼자 복도의 창문 너머로 나만 바라보았다. 해져 뚫린 저 토슈즈 구멍으로 지금도 할머니가 나를 바라보고 있는 것만 같다.

도망치듯 푸른 화면에서 벗어나 우근과 함께 꾸몄던 블로그로 갔다. 바둑판 모양으로 분할된 여러 개의 작은 사각 화면마다 웨딩드레스가 희끗거렸다. 움직임이 멈춘 사진에서는 통증이 느껴지지 않았다. 결혼식 날 깁스를 했었다. 허리에서 허벅지까지 내려가는 긴 깁스를 풍성한 웨딩드레스가 감쪽같이 감췄다. 식장에 들어갈 때도 나올 때도 우근에게 의지해 걸었다.

결혼식장에서도 풀지 않았던 깁스를 이튿날 신혼여행을 떠나며 풀어버렸다. 깁스를 풀어버리면 아무는 데 시간이 더 오래 걸린다는 의사의 말은 못 들은 척했다.

졸업 작품 발표 공연을 마지막으로 토슈즈를 신어본 기억이 없다. 발레리나로 무대에 서는 것이 꿈이었지만 왠지 마지막일 것 같다는 느낌 때문에 골반이 닳도록 공연 연습을 했다. 움직일 수 없을 정도가 되었을 때 골반에 이상이 생겼다는 사실을 알았다. 뼈마디에 얼음이 닿는 것처럼 고통스러웠다.

공연을 망치듯이 치렀고 겨우 졸업했다. 미끄럼 타듯 결혼까지 해버렸다. 남들이 보기엔 급할 이유가 없는 결혼이었으나 하루도 미루기 싫어 깁스를 한 채 결혼식장에 들어갔다. 신혼여행도 미루기 싫어 떠날 때 깁스를 풀었다. 결혼이랄 것도 신혼여행이랄 것도 없는, 최소한의 형식 치레였다. 사랑만이 미래를 구원할 거라는 갑작스러운 신념에 떠밀리기 시작했던 걸까. 형편 따위를 따질 겨를도 없었고, 우근도 나도 따질 만한 형편이라는 것이 없었다.

창밖에서 쭈뼛거리던 여자 손님이 카페 문을 열었다. 왕코의 안부를 묻는 게 틀림없었다. 카페 앞을 지나던 사람들이 데크에 묶여 있던 왕코가 보이지 않으면 문을 열고 묻곤 했다. 오늘 벌써 두번째였다. 내가 다가가자 여자는 뒤로 물러섰다.

여기 묶여 있던 개…… 어디로 갔어요?

늘 비슷한 질문이었다.

친구가 데려갔어요. 며칠 후면, 아마, 다시 올 거예요.

아, 그래요.

왕코가 유기견이었기 때문에 묻는 건지도 몰랐다. 내가 키우는 개였다면 저렇듯 많은 사람이 관심을 보였을까. 오래도록 카페 유리창에 왕코를 찾아가라는 종이를 붙여두었었다.

학생들이 방학에 들어가 카페가 한결 한가할 즈음이었다. 큰 개 한 마리가 카페 근처를 서성이고 있었다. 큰 덩치에 귀티 나는 개가 그러고 있는 게 왠지 어울리지 않았다. 산책이라도 하는 것처럼 느릿하게 오갔지만 어둑해지자 내버려둘 수 없어 데리고 들어왔다. 어떤 남자가 그 개와 산책하는 걸 몇 번 본 적이 있었다. 데크에 묶여 있는 개를 보고 얘 왕코 아니에요? 라고 묻는 사람까지 있었다. 코가 유난히 크다 싶었다. 카페 앞에 묶어두면 주인이 찾아갈 것이라 믿었다. 목재 데크는 개를 묶어두기에도 알맞았다.

며칠 후 남자가 진짜 왕코를 데리고 나타났다.

우리 왕코는 그레이트 피레니즈 종인데 이 개는 올드 잉글리시 쉽독이잖아요. 그리고 우리 왕코는 남자예요. 얘는 여자고.

마주하고 보니 둘은 너무 달랐다. 진짜 왕코는 온통 흰색이었다. 왕코처럼 보였을 뿐인 개는 머리부터 어깨까지는 비로드 숄을 두른 것처럼 흰색 장모였는데 그 아래로는 연회색이었다. 연회색을 흰색으로 착각했었다. 진짜 왕코가 떠난 후 그새 정이 든 개에게 왕코라는 이름을 붙여줬다.

손님이 없을 땐 왕코를 카페 안으로 데리고 들어왔다. 왕코는 테이블 사이를 어슬렁거리다가 내가 움직이면 조용히 눈으로 좇았다. 곁으로 다가가면 내 다리에 얼굴을 비비기도 했다.

손님이 들어오면 외출했다가 돌아온 주인을 반기듯 냉큼 다가갔다. 손님들은 부드럽고 윤기 나는 왕코의 털을 만지곤 했다. 손님들의 테이블까지 따라가려 하면 나는 데리고 나가 데크에 묶어두었다.

카페 앞에 묶여 있던 왕코를 한 손님이 데려가겠다고 해서 그렇게 하라고 했다. 일주일쯤 키우다 다시 데려왔는데 이번에는 다른 손님이 나섰다. 왕코는 카페 손님들에게 유명 유기견이었다. 그러기를 세번째였던가. 왕코가 카페로 다시 돌아온 지 얼마 되지 않아 우근이 집을 나갔다.

우근의 생일날 아침을 먹고 있었다. 밥을 먹는 동안 우근은 조용했다. 나는 주절주절 무슨 얘기를 했던가. 미역국을 후루룩 마시고 나서 우근이 입을 열었다. 너와 헤어질 거야.

뭐?

우근은 젓가락을 손에 든 채 무얼 먹을지 고르는 표정인 듯

멈춰 있었다. 나를 바라보지도 않았다. 숨소리마저 들리지 않았다.

음식 만드는 걸 좋아하는 내가 싫었다. 그러지 않았다면 새벽부터 일어나 미리 재워둔 갈비를 굽고 연어를 야채와 섞어 버무리고 우근이 좋아하는 가지를 볶고 세 가지 나물을 무치지 않았겠지. 하필 생일날이라니. 절반쯤 줄어든 음식이 윤기를 잃어갔다.

왜 헤어지는데?

나 지금 자민이 집에서 지내.

왜 거기 있어?

벌써 꽤 됐어.

나만 모르고 있었다. 함께 어울려 다녔던 누구도 차마 나에게 얘기해줄 수 없었겠지.

왜 헤어져야 할까? 어떻게 한 결혼인데. 배우가 되고 싶어 연극무대를 전전하던 우근을 대학 연극과에 입학시키고 나서야 할머니와 오빠에게 결혼 허락을 받아냈다. 우근은 학교에 다녔고 나는 졸업한 뒤 줄곧 카페에서 커피와 스파게티와 수제 샌드위치를 팔았다. 토슈즈 대신 스니커즈를 신고, 무대 대신 딱딱한 삼나무 마루를 종일 디뎠다. 결혼한 지 이제 막 일 년이 되어가고 있을 뿐이었다.

손님이 많아지면서 카페 안 공기가 탁해졌다. 난방 열기와 커피 향에 섞인 음식 냄새, 손님들에게서 흘러나오는 체취가 카페 안에 떠돌았다. 문을 열어 환기를 하려는 사이 창가 테이블에 앉은 손님이 크림 파스타를 주문했다. 우유 사 온다는 걸 여태 잊고 있었다니.

카페 오른쪽 모퉁이에 있는 편의점으로 우유를 사러 갔다. 이월의 싸늘한 바람이 휘도는, 어둠에 잠긴 골목이 앞을 가로막았다. 토요일 저녁 도시 외곽의 대학교 앞 골목. 휘적휘적, 한 남자가 어둠 속에서 걸어 나왔다. 가슴이 덜컥 내려앉았다. 어둠 속에서 우근이 나를 지켜보고 있었던 것은 아닐까. 모르는 사람이었다. 남자가 어둠에 잠긴 맞은편 골목으로 다시 사라졌다. 우근을 기대했던가. 차가운 저녁 공기가 얼굴에 닿았다.

어두운 뒷산의 윤곽에 가려진 학교 건물은 잘 가늠되지 않았다. 교통신호를 지키지 않아도 거리낌 없는 시각. 한적한 이차선도로 건너편으로 산자락에 묻힌 학교 건물들이 비로소 조금 희끗거렸다. 손님이 없어 텅 빈 학교 앞 식당이 오징어잡이 배처럼 환하게 떠 있었다. 서둘러 우유를 사고 카페로 돌아왔다.

손님들의 모습은 제각각이었다.

구석 자리에는 친구인 듯한 여학생 둘이 마주 앉았다. 한 학생은 휴대전화에 달린 인형 귀를 만지작거렸고, 맞은편 학생은 핸드폰 자판을 두드렸다. 둘의 대화는 오래전 중단되었다. 서로 말이 없어도 어색하지 않은 것 같았다.

스파게티를 주문한 손님들은 들어온 순간부터 멈추지 않고 얘기를 나누었다. 커피를 마시며 오래 앉아 있던 그들은 배가 고팠던지 뒤늦게 스파게티를 주문했다. 조명 아래 걸린 클림트 모작 액자의 금빛이 그들 자리를 더 밝게 했다.

저 금빛 액자 아래서 우근의 생일날 오후 자민과 마주 앉았다.

자민은 우근과 같은 연극과 학생이었다. 부모가 외국에 있어 학교 근처에서 혼자 살았던 자민은 우근과 내가 살던 신혼집에도 자주 놀러 왔었다.

그날 우근은 자민이 곁에도 내 곁에도 앉지 못하고 테이블 건너편 바에 기댄 채 서 있었다.

자민이 너, 우근이 사랑해?

자민의 대답이 곧장 날아들었다.

아니……

천천히 되물었다.

그럼 왜?

자민의 눈을 바라보며 얘기하고 싶지 않았다. 데크에 묶여 있던 왕코를 바라보았다.

너는 나가 있어.

우근을 향해 자민이 말했다. 몇 달 전 자민과 우근이 주인공을 맡아 무대에 올렸던 연극 대사 같았다. 넌 이제 내 거야. 이런 대사도 있었지. 지금껏 연극이 계속되고 있는 걸까.

우근이 밖으로 나가버렸다. 내게는 눈길도 주지 않았다. 그냥 있어, 라고 해도 내 말은 들을 것 같지 않았다.

우근은 테라스의 왕코 곁에 서 있었다. 자민은 무심한 얼굴로 앉아 있었다. 더는 아무 대답도 하지 않았다. 아니…… 자민의 대답은 그것이 전부였다. 아니…… 그들이 함께 지내는 사실과 아니라는 대답 사이의 거리와 심연을 가늠할 수 없었다. 너, 우근이 사랑해? 내 질문이 한없이 비루해질 뿐이었다. 저 거리와 심연을 과연, 건널 수 있을까. 천 마디를 더해도 이해될 수 있는 건 없을 것 같았다. 건널 수 없다는 판단은 내 안에서 너무도 쉽게 내려졌고, 빠른 깨달음 뒤에는 서늘한 통증이 등을 스치고 지나갔다. 나도 더는 말하지 않았다. 등에 스친 통증이 상쾌했다는 것에 나는 더 놀라고 있었으니까. 이것이 연극이라면 끝날 때까지 기다려야 하는 걸까.

집에서도 자민이를 허물없이 재웠는데. 자민이가 내 옷으로 갈아입고 샤워하고 나올 때도 우근은 눈길 한 번 주지 않았는데. 우리가 그저 약간 다투고 있는 건 아닐까, 어느 연인이나 부부에게도 있는 사소한 오해 아닐까, 라는 착각은 잠시 뿐이었다. 우근이 왕코처럼 서성거리던 테라스에 왕코도 우근도 지금 없다.

카페로 J가 들어섰다. 후드티에 야구 모자를 눌러쓰고 선글라스를 꼈다. 빠른 걸음으로 바의 끝자리로 걸어가 털썩 앉았다. 귀에 꽂은 이어폰을 만지작거리더니 몸을 흔들며 고개를 까딱거렸다. 오른쪽 귀에 나란히 박힌 피어싱이 불빛을 받아 반짝였다. 나는 천천히 그에게 가까이 다가갔다.

왔어?

대답하지 않았다. J의 차림은 거의 변장 수준이었다. 그는 선글라스를 벗으며 나를 보는가 싶더니 곧 다른 곳으로 고개를 돌렸다.

그거 줘.

J가 말했고 나는 대꾸 없이 조리대로 돌아왔다. 그리고 얼음 담긴 유리컵에 말리부를 부었다. 슬라이스 레몬을 띄워 그에게 가져갔다. J는 여전히 말이 없었다. 고개를 까닥이며 눈앞의 진열장을 바라보았다.

전날, 어둑해질 무렵 J에게서 전화가 왔다. 카페에 들러도 나를 볼 수 없었다며 보고 싶다고 했다. 햇볕이 들든 어둠이 내리든 나는 방 안에 누워만 있었다. 씻지도 않았다. 뒤척일 때마다 내 몸의 쉰내가 맡아졌다.

전화를 받은 뒤 부리나케 튀어나왔다. 그의 전화를 기다렸던 건 아니었다. 사흘 전 이혼에 필요한 서류와 도장을 오빠에게 건네주고 집에서 한 발짝도 나오지 않았다. 그동안 카페를 봐준 것도 오빠였다.

우근과 J는 학교 친구였다. J의 그림 솜씨가 남다르다는 걸 알고 카페에 걸어둘 그림을 부탁했다. 카페에 처음 들어선 손님들은 J가 모사한 클림트 그림에서 눈을 떼지 못했다. 황금빛 색채가 도드라진 세 점의 그림을 보면서 손님들은 카페 이름이 왜 클림트가 아니고 헤밍웨이인지 묻곤 했다.

카페를 시작할 때부터 J는 자주 들렀다. 그의 시선이 나를 향하고 있다는 걸 모르지 않았다. 친구의 아내라는 사실도 J에게 문제가 되지 않는 것처럼 보였다. 그런 그의 눈길을 나는 즐겼던가.

J에게 등을 보인 채 설거지대에 쌓인 커피잔을 하나하나 씻었다. J의 시선이 나에게 머물렀다. 다 씻을 때까지 나는 커피잔에서 눈을 떼지 않았다.

씻은 커피잔을 마른 융 위에 엎어놓고 그를 바라보며 앉았다. 그가 벗어놓은 선글라스에 내 얼굴이 비쳐 일그러졌다. 이혼한다며? 라고 거리낌 없이 한마디쯤 할 녀석인데 말이 없었다. J가 잔을 비우고 나에게 내밀었다. 얼음 여섯 조각이 고스란히 남아 있었다. 개수대에 얼음을 버리고 새 얼음을 꺼냈다. 다시 잔을 채워 J 앞으로 내밀었다.

다섯 시간쯤 앉아 있던 두 명의 여자 손님이 자리에서 일어났다. 손님을 보낸 후 J에게 다가갔다. 그의 잔이 다시 비어 있었다. 나는 말끄러미 J를 바라봤다. 그러자 J는 불쑥 일어나 가버렸다. 잘했어, 라는 농담 한마디라도 건네고 가지. 가끔 그랬던 것처럼. 싱거운 농담 한마디가 요즘 나에게는 필요하니까. 인색하기가 우근과 다르지 않아. 나는 J가 사라진 출입문을 바라보았다.

카페 구석 테이블에 앉아 있던 손님들도 나갔다. 테이블에는 네 개의 빈 맥주병이 있었고 구긴 휴지가 수북했다. 카디건을 벗고 움직였다. 반팔 티에 짧은 청치마 차림인데도 몸에서 땀이 배어 나왔다. 테이블마다 설거짓거리가 만만찮았다. 설거지를 마치기도 전에 다른 주문이 들어오면 화장실 다녀올 시간도 빠듯했다.

카페 안 공기와 다르게 화장실은 시원했다. 계단 아래 옹색하게 들어서 있어 천장이 머리에 닿을 것처럼 낮지만 오히려 아늑했다. 카페에서 화장실로 통하는 문을 열면 다른 세계로 들어서는 것 같았다. 목재로 치장한 카페 내부보다 시멘트 모르타르 마감이 노출된 화장실 벽은 소박한 안정감을 주었다. 카페 내부의 삼나무 재질은 빛깔도 향도 나쁘지 않았으나 때로 나무 틈새가 벌어져 빗물이 배어들었다. 비가 세찬 바람이라도 몰고 오는 날이면 판지의 접합 부분에서 비명이 새어 나왔다. 창밖은 온통 어두운 물의 세계였고, 카페는 삐걱거렸다. 폭우가 쏟아지면 카페 출입문을 걸어 잠그고 오랫동안 화장실에 앉아 있곤 했다.

변기와 세면실로 나누어진 작은 공간이지만 아주 비좁지는 않았다. 세면실 어깨쯤 높이에 폭 좁은 거울을 띠처럼 둘러 붙여놓았다. 고개를 돌릴 때마다 거울에 비친 얼굴이 그림자처럼 따라다녔다. 모퉁이에는 스툴을 놔두었다. 그곳에 앉아 바라보는 거울엔 빈 벽만 비쳤다. 벽처럼 보이는 거울을 바라보다 쪽잠에 빠져들기도 했다. 채광도 안 되는 작은 창이 머리 위에 나 있을 뿐인데 공기는 항상 시원했다. 그 창을 볼 때마다 낡은 토슈즈의 깊은 구멍이 떠오르곤 했다.

냥할머니가 빈 캐리어를 데크에 올려놓고 재떨이를 끌어당겨 쭈그려 앉는 모습이 보였다.

할머니 들어와. 돈 많이 벌었어?

문을 열고 말했다.

많이 벌었지. 저 뒤 빌라촌에 살던 학생 하나가 이사 갔나 봐. 책을 잔뜩 내놨어. 한꺼번에 끌고 오느라 무거워 혼났어.

할아버지 좋아하시겠네.

알기나 하겠어. 구들이나 지고 있는 양반이.

그러면서 지난번 손님에게는 왜 할아버지가 일 때문에 손님 만나러 갔다고 거짓말했어? 저녁 여덟시가 다 됐는데 할아버지가 거래처 손님 만나러 갔다면 믿기나 하겠어? 그 연세에 일은 무슨 일이야.

그럼 거동도 하지 못하고 식물인간처럼 누워만 있다고 하랴. 생판 모르는 남한테 왜 그런 소릴 해. 그냥 알아서 들으라지 뭐.

몰라서 물은 건가, 뭐…… 왕코가 없어서 할머니 담배 맛 안 나겠네?

너 있잖아. 너 있으니까 됐어. 그 인간은 얼른 죽어야 하는데.

말끝을 흐리며 담배를 꺼내 들었다.

냥할머니는 카페에 올 때마다 늘 왕코 곁에 앉아 담배를 피웠다. 쭈그려 앉으면 왕코보다 몸집이 작았다. 그렇듯 작은 몸집으로 왕코 덩치보다 몇 배나 크게 폐지를 모아 끌고 가서는 지폐 몇 장으로 바꾸어 왔다. 지폐는 곧장 약국에 건네지고 할아버지 약이 냥할머니 손에 쥐어졌다. 약을 들고 할아버지에게 돌아갈 즈음이면 거리에 인적이 끊겼다.

냥할머니의 낯빛은 가무잡잡했다. 쪽진머리가 잔주름을 당긴 듯 작은 얼굴은 팽팽했다. 친정엄마를 닮아서 피부 하나는 타고났다며 늘 자랑이었다. 나이 들면 잔주름 몇 개쯤 얼굴에 있어줘야 하는 거 아닌가? 나는 냥할머니의 팽팽한 피부가 신기했다. 내 할머니에게는 익숙한 잔주름이 냥할머니의 얼굴에는 없었다. 그러나 자글자글한 냥할머니의 손은 삭정이 같은 내 할머니의 손과 다르지 않았다.

할머니는 치매로 누워 있으면서 오빠도 못 알아보고 오직 나만 알아봤다. 나를 볼 때마다 할머니의 첫마디는 늘 같았다. 발레 잘하고 있어? 나는 잘하고 있다고 대답했다. 그럴 때 할머니 눈은 반달처럼 예쁘게 휘어졌다.

암, 그래야지.

응, 할머니.

그래……

뭐가 그래야?

하여튼, 응.

할머니, 사랑하지도 않는다면서 왜 자꾸 만났을까? 아니라면서.

어째?

할머니!

발레 신발 사주련?

할머니와 의미 없는 얘기를 주고받다 오곤 했다. 할머니와 손을 잡고 발레학원을 오가던 길을 혼자 걸어서 돌아왔다. 발레 슈즈에 구멍이 나고 새로 산 슈즈가 또 해지도록 연습을 했지만, 그래야만 했던 이유가 점점 나에게서 멀어졌다. 고된 연습으로 몸이 지쳐갈 때면 영화 속 한 장면이 떠오르곤 했다.

제목도 모른 채 어렸을 때 텔레비전에서 봤던 영화였다. 따가운 햇볕이 내리쬐는 바다 한가운데서 노인이 커다란 물고기 한 마리를 잡기 위해 애쓰는 장면이었다. 노인과 바다만 보이는 화면이 바뀌지도 않고 지루하게 이어졌다.

노인은 낚싯줄이 파고 들어간 손의 상처를 바닷물에 씻어내면서도 줄을 놓지 않았다. 짠 바닷물에 쓰린 상처를 자꾸 담그는 노인의 마음을 알 수 없었다. 저러면 더 쓰라리지 않을까. 노인은 옷을 찢어 손에 감고 낚싯줄을 더 세게 움켜쥐었다. 검게 그을린 노인의 등에는 흰 소금꽃이 피어 있었다.

노인은 뼈만 남은 물고기를 배에 묶고 바닷가에 도착했다. 아주 커다란 물고기를 잡았다며 사람들이 바닷가로 뛰어나와 떠들었다. 뼈대만 남은 물고기가 어째서 놀랄 일인지 나는 알 수 없었다. 살은 상어에게 다 빼앗기고 뼈만 남은 물고기를 잡은 노인이 안타까울 뿐이었다. 뼈대라도 어딘가 쓸모가 있는 걸까? 내 궁금증은 거기까지였다.

어쩐지 노인의 낚싯줄처럼 감겨드는 할머니의 야윈 손을 꼭 잡고 학원을 오가곤 했다. 그러는 것 말고는 세상 모든 일이 부질없다는 듯. 할머니와 나는 그랬다. 나는 할머니의 커다란 쥘 힘이 부러워 닮고 싶었다.

어렸을 때 토끼 두 마리를 키운 적이 있었다. 할머니와 오빠와 나는 여름방학을 맞아 아빠가 살고 있던 도시를 찾아갔다. 며칠 집을 비우는 사이 먹을 것과 물을 토끼집에 듬뿍 넣어주고 떠났다. 집으로 돌아왔을 때 한 마리가 죽어 있었다. 살아 있는 토끼가 빤히 나를 노려보더니 죽은 토끼 쪽으로 천천히 눈길을 돌렸다. 그 서늘한 느낌이 오래도록 잊히지 않았다. 토끼의 눈빛을 나는 어쩌자고 우근에게서 보았던가. 우근과는 무엇이 잘못되었던 걸까. 할머니는 요즘 증상이 더 나빠졌다. 우근에게서는 여전히 소식이 없었다. 하루가 더디게 흐르면 노인과 바다가 나오는 영화와 나를 빤히 바라보던 토끼의 눈이 떠올랐다. 엄마의 자취라곤 없는 작고 어두운 방에서 혼자 우리를 맞이하던, 그 여름 창백했던 아빠를 생각했다. 그러다 카페의 나무 기둥을 붙안고 쪼그려 앉아 오들거렸다. 그 무엇도 알 수 없는 저 바깥에서는 온통 짙푸른 바다가 어둠과 함께 끝없이 몰아쳤다. 삼나무 카페가 큰 파도에 밀려

토슈즈처럼 난파할지도 몰랐다. 나는 할머니의 아귀힘으로 나무 기둥을 움켜쥐었다. 우근은 야구 모자를 눌러쓰고 다녔다. 내 뒤를 졸졸 따라다니는 것밖에 못하는 사람 같았다. 여럿이 길을 걸을 때도 우근은 내 뒤에 붙어 다녔다. 나는 왜 보호받는다고 여겼던 걸까. 우근이 내 보호 아래 있었다는 사실을 깨달은 건 결혼 날짜가 닥친 때였다. 끈질기게 나를 따라다니던 것과는 다르게 우근은 결혼 절차에는 아무런 관심이 없었다. 끌려오는 식은 아니었지만 기뻐하지도 않았다. 우근은 바깥의 사람이었다. 내가 알지 못하는 저 바깥.

냥할머니가 집으로 돌아가고 한참이 지났을 때 우근이 손님처럼 카페 문을 열고 들어섰다. 카페를 닫을 시각이었다. 손님이 한 테이블에만 남아 있었다. 떠날 때와 다름없이 무심한 듯 밝은 우근을 보자 기운이 빠졌다. 살이라도 내려 뼈만 남은 물고기처럼 되어 있길 기대했던가. 하긴 더 내릴 살도 없을 만큼 가느다란 몸이었다. 나는 열어두었던 블로그 화면을 천천히 닫았지만, 앉아 있던 의자에서 움직이지 않았다.

우근은 서둘러 앞치마를 둘렀다. 종일 서빙을 했던 사람처럼 스스럼없었다. 미처 치우지 못한 유리잔들을 헹구고 마른 행주로 물기를 닦아 정리했다.

마지막 손님이 떠난 후 우근이 맥주를 꺼내 들고 내 앞에 앉았다.

왜 왔어?

난 이제 겨우 스물세 살이야.

스물세 살인 걸 모르고 결혼한 거 아니잖아.

카페가 열려 있는지 보러 왔어.

집에 있는 네 물건, 가져가.

왕코, 안 보이네. 또 누군가를 따라갔어? 그놈도 안 됐어.

왕코가 살아가는 방법이 보여? 그렇게 되기까지 왕코도 많은 연습이 필요했을 거야.

우근이 맥주를 한 모금 입에 문 채 나를 바라보았다. 나도 똑바로 우근을 쳐다봤다.

마지막 손님의 테이블도 다 치웠다. 청소까지 마친 우근이 테이블 사이 비좁은 공간을 천천히 거닐었다. 우근이 카페에 들어온 뒤 나는 계속 앉아만 있었다. 우근의 잔에 맥주를 따라주었다.

우근이 마시다 두고 간 맥주잔에는 아직 거품이 끼어 있었다. 75센티미터 친구. 우근은 손을 뻗으면 닿을 수 있는 거리였으면 좋겠어 네가, 라는 말을 남기고 반 잔의 맥주를 남겨두고 카페 문을 열고, 밖으로 나갔다. 그런 친구, 냥할머니와 왕코도 팔만 뻗으면 닿을 수 있는 가까운 거리. 카페를 함께 닫고 퇴근하던, 습관처럼 남은 기억이 몰려와 잠깐 우근을 붙들고 싶었지만 붙잡지 않았다.

중학생 때 학교 책상 서랍을 더듬으면 편지가 있었다. 반 친구였던 남자아이가 수시로 편지를 써서 넣어두었다. 나는 그 친구에게 너와는 75센티미터 친구였으면 좋겠어, 팔을 뻗으면 닿을 거리, 라는 편지를 써서 내 책상 서랍에 넣어두었다. 어느 날, 작문 시간에 그 친구는 편지 이야기와 함께 75센티미터 친구라고 나를 묘사했다. 반 아이들 앞에서 그 글을 읽게 될 줄 몰랐던지 친구 목소리는 많이 떨렸다. 우근이 나를 따라다닐 때 그 말을 내가 했었다. 75센티 친구.

노트북을 켰다. 할머니 집 거실에 걸려 있던 토슈즈는 이제 카페 노트북 안에 들어와 있었다. 검푸른 배경 화면 위에 낡은 요트처럼 떠 있었다. 왜 나에게 발레를 시켰는지 할머니에게 물은 적이 있었다.

아파트 상가 입구에 아름드리 큰 느티나무 있지? 처음 아파트가 지어지고 내가 입주했을 때 그 나무는 호리호리한 소년처럼 여린 나무였어. 내가 늦가을에 입주했는데 닥쳐올 겨울에 얼어 죽지 않고 살아남을 수 있을까 걱정했을 정도였으니까. 몇 년이 흘렀을 거야. 베란다 창문을 열고 상가 입구를 내려다보는데 그 나무가 눈에 띄더구나. 어느새 집 두 채의 창을 다 가리고도 남을 만큼 넓게 가지를 뻗고 자라 있는 거야. 그 느티나무가 이유가 있어서 그렇듯 자랐겠니?

할머니 얘기를 듣고 나서 베란다 창문을 열고 느티나무를 내려다보았다. 느티나무는 상가건물과 아파트 사이 햇볕이 들지 않는 곳에 서 있었다. 아파트 베란다에 닿는 부분은 가지치기해서 직선으로 잘려 있었다. 한쪽으로 뻗어나간 가지에는 푸른 이파리가 무성했다. 순간 왜 어둠이 떠올랐을까. 나무 둥치 아래서 올려다보면 어둠뿐일 것 같다는 생각이 들었다. 왜 발레를 시켰냐는 질문에 할머니는 느티나무 얘기를 하고는 더 말이 없었다.

우근이 마시던 맥주를 개수대에 버리고 카페 문을 안에서 잠갔다. 전등도 껐다. 어둡고 편안했다. 전기기기의 작은 표시등들이 가늘게 빛났다.

설핏 들었던 잠에서 깼다. 데크가 텅텅 울렸다. 왕코의 기척이었다. 한껏 비가 내리고 난 축축해진 어느 오후에 할머니가 했던 얘기가 떠올랐다. 세상 소음은 가라앉고 지저귀는 새소리만 크구나⋯⋯

텅텅텅. 나무 데크를 맑게 울리는 기분 좋은 소리. 왕코가 나를 부르는 소리였다.

왕코는 없고 빈 목줄만 데크 난간에 매달려 흔들렸다. 밤바람이 불 때마다 목줄 끝의 쇠고리가 세로 난간에 텅텅 부딪혔다. 이게 여기 있었던가? 왕코가 왔다가 줄만 남겨두고 다시 간 걸까. 이런 새벽에 누가 왕코의 목줄을 걸어두고 간 걸까. 여기 원래 있던 것인데 내가 못 본 것일까.

빈 목줄을 들고 카페 안으로 들어왔다. 바람이 불어 삼나무 접합면이 삐걱거렸다. 눈보라라도 치려나. 카페 안의 사물들이 수런거리듯 흔들렸다.

주방 옆 통로에 이어진 화장실 문을 열었다. 비 오고 바람

불면 카페를 잠그고 오랫동안 앉아 있곤 하던 계단 밑 작은 공간. 스툴에 앉아 바닥에 닿은 왕코의 목줄을 바라보았다. 두 뼘쯤 끌어당겨 손에 감고 움켜쥐었다. 바람도 추위도 어둠도 쉬 걷히지 않을 것 같았다. 언제까지 앉아 있게 될지 몰랐으나 내가 할 일은 움켜쥔 손에 힘을 더하는 것뿐이었다.

낚싯바늘이 걸렸어요

낚싯바늘이 발에 걸렸다. 슬리퍼를 끌고 나온 게 잘못이었다. 진흙땅을 밟지 않으려고 보폭을 넓힌 순간이었다. 슬리퍼는 벗겨졌고 발은 젖은 흙을 디뎠다. 찌르는 통증을 느꼈으나 낚싯바늘일 거라는 예상은 하지 못했다. 반지만 한 낚싯바늘이 왼쪽 발바닥 가운데 부드러운 살에 걸려 있었다. 미늘은 살 속에 파고들어 보이지 않았다. 참을 수 없이 아프지는 않았지만, 낚싯바늘이라는 걸 알게 된 순간 나는 소름이 돋았다.

　약국에 가려고 펜션을 나서던 길이었다. 지도를 검색해보니 백여 미터만 걸으면 돼 슬리퍼를 끌고 나왔다. 베개에 기대앉아 꾸벅꾸벅 졸며 밤을 새웠다. 눕기만 하면 머리가 아파 비명이라도 지르고 싶었다. 화장실을 들락거리며 다섯 번은 토했던 것 같다. 많이 마신 것은 아니지만 몇 가지 술을 조금씩 섞어 마셨다. 지난밤, 술집을 두 번 옮겨 다녔다. 머리만 아프지 않았다면 약국에 갈 마음은 없었을 것이다.

왼발은 뒤꿈치를 들고 걸었다. 움직일 때마다 뭔가가 살 속을 긁는 것 같았다. 미늘이 피부 속을 슬금슬금 건드리는 모양이었다. 따갑게 아프기도 했지만 묘한 쾌감 같은 것도 느껴졌다.

이차선도로 양쪽으로 오래된 단층집과 이층집 몇 채가 모여 있는 곳에 생뚱맞게 약국이 있었다. 펜션은 깊은 산속에 한 채 있어도 어색하지 않다. 하지만 약국은 시내 중심가라든가 건물이 많은 곳에 어울렸다. 그곳은 너무 한적한, 겨우 손가락으로 셀 수 있을 정도의 집들이 모여 있는 곳이었다.

약국이 보이자 오히려 느긋해졌다. 약을 먹어야 하나. 약을 먹어도 아픈 머리가 좋아질 것 같지 않았다. 어차피 왔으니 약을 먹든 안 먹든 일단 사두자. 절룩거리며 약국으로 들어갔다. 안에는 검은 원피스를 입고 있는 할머니 둘이 있었다. 접수대에는 아무도 없고 할머니들은 접수대 왼편 의자에 앉아 있었다. 초등학생처럼 허리를 쭉 펴고 나란히 앉아 동시에 고개를 돌려 나를 바라봤다. 작고 불편해 보이는 나무 의자는 야릇하게 앉아 있는 두 할머니와 묘하게 어울렸다.

저기, 숙취해소제요.

낚싯바늘이 걸렸어요, 라고 말했어야 했다. 발을 절룩거리며 약국 안으로 들어오는 걸 봤을 것이다.

뭐라고? 발이 아프다고?

조금 더 젊어 보이고 몸집이 큰 할머니가 물었다. 잠시 할머니를 바라보다 나는 숙취해소제요, 라고 다시 말했다.

배가 아프다고?

아니요, 어제 술을 마셔서 속이 불편하고 머리도 아프고.

술을 진창으로 마셨지?

큰 할머니 곁의 몸집이 작은 할머니가 거들었다.

그랬겠지, 술을 마셨겠지.

근데 발은 왜 그래?

자신의 새하얀 단발머리를 손으로 느긋하게 빗어 내리면서 큰 할머니가 물었다. 허옇게 센 머리는 잔주름도 없고 화사해 보이는 흰 피부와 잘 어울렸다.

아, 낚싯바늘이 발에 걸렸어요. 이것부터 빼야겠네. 약사분 어디 가셨어요?

낚싯바늘이 걸렸다고? 낚싯바늘이 아니라 족쇄겠지.

족쇄라니? 무슨 뚱딴지같은 소리지.

낚싯바늘은 너무 작아. 발을 옭아매고도 남을 만큼 큰 족쇄쯤 되어야 꼼짝 못하게 묶어둘 수 있지.

어디에 누구를 묶어두는 거지? 왜? 할머니들의 얘기는 생뚱맞았다.

작은 할머니가 일어서며 여기 앉아, 하고 자신이 앉아 있던 의자를 가리켰다. 작은 몸집에서 퉁명스럽고 우렁찬 목소리가 흘러나와 놀랐다. 거칠어 보이는 검은 단발머리는 주름진 거무스름한 얼굴에 살짝 얹혀 있는 가발처럼 보였다. 여장부같이 큰 할머니 곁에 있어서인지 할머니의 몸집은 더 작아 보였다. 검은색 원피스를 두 사람이 똑같이 차려입은 모습은 누가 봐도 이상할 것 같았다.

낚싯바늘 박혀서 여기 온 사람 처음 보네, 쇠고리가 걸렸다면 모를까. 큰 할머니가 중얼거렸다. 깊이 박혀버렸나 봐. 어떻게 빼나? 잡아당기면 미늘 때문에 살갗이 찢길 텐데. 쇠사슬이 발목에 걸려 있는 게 차라리 낫겠네. 똑바로 걸을 수는 있잖아. 중얼중얼 주고받는 두 사람의 얘기가 거슬렸다. 쇠사슬은 뭐고 족쇄는 뭐지? 도무지 약사는 어디에 간 거야? 설마 이 두 분이 약사는 아닐 테고. 빨리 어떻게든 빼주었으면 좋겠는데 약사는 어디에 간 걸까. 큰 할머니가 고개를 들더니 병원에 가야지, 하고 말했다. 그러자 병원은 뭐, 여기가 약국인데, 여기까지 잘 걸어왔으니까, 하면서 작은 할머니가 눈을 흘겼다. 한번 다시 걸어봐라. 작은 할머니의 명령에 나는 발을 절룩이며 몇 걸음을 옮겨봤다.

어제 술을 마셨다고?

잊지 않았는지 큰 할머니가 물었다.

저기 푸른색 상자 있지? 거기서 병 두 개만 꺼내 봐.

큰 할머니가 가리킨 곳은 접수대 너머 진열장 아래쪽이었다. 나더러 저기로 들어가라는 말인가? 지금 이 상태로? 절룩이며 할머니들 앞을 지나 접수대와 진열장 사이로 들어갔다. 진열장 아래에는 약들이 상자째 쌓여 있었다. 초록색 생록천이 보였다.

이거요?

응, 그거 두 개 꺼내.

생록천 상자를 접수대에 올리고 뜯었다. 두 개까지 먹을 필요가 있을까. 견딜 만한 것 같기도 하고, 아닌 것 같기도 했다.

한 개만 먹어도 될 것 같아요.

두 개 꺼내.

작은 할머니의 단호한 명령에 두 병을 꺼내고 상자를 다시 제자리에 두었다.

저기 흰색 서랍장 있잖아, 중간쯤 거기 열어봐.

큰 할머니가 가리킨 곳은 맞은편 벽 끝에 있는 진열장이었다. 진열장 중간쯤에 서랍이 보였다. 접수대와 진열장 사이가 비좁아 앞에 놓인 의자를 밀치고 서랍을 겨우 열었다. 서랍은 세 칸으로 나뉘어 있고 캡슐 세 종류가 들어 있었다. 캡슐은 크기와 색깔이 달랐는데 먹는 약이라고 하기엔 지나치게 큰 것들이었다. 그나마 가장 작아 보이는 붉은색 약을 꺼내 들었다.

이거요? 하고 물었더니 큰 할머니는 고개를 끄덕였다.

잘 찾네.

두 할머니는 내내 반말이었다. 작은 할머니는 잘 알아듣네,

젊어서 그렇다며 혼자 중얼거렸다. 작은 할머니가 나이는 더들어 보였는데 몸집이 아주 작아서 아이 같았다.

약 먹을 정도로 술을 마셔 왜. 낚싯바늘까지 걸려서. 쯧쯧.

큰 할머니가 혀까지 차며 야단쳤다.

전날 만난 여자 때문이었다. 구권 화폐 거래를 약속하고 카페에서 만나기로 했으나 한 시간을 기다려도 나타나지 않았다. 가끔 있는 일이었고 이번에는 아주 먼 길을 버스까지 갈아타며 왔다. 기다리는 걸 포기하고 이른 저녁이나 먹으려고 들어간 집이 해변에 맞닿은 허름한 식당이었다. 피서철이 시작되기 전 초여름이라 그런지 해변에 사람은 많지 않았다. 대형 버스가 한 무리의 사람들을 토해내고 남녀 커플들이 손잡고 거니는 모습은 큰 캔버스에 작은 점들이 움직이고 있는 것 같았다. 물회를 시켜 다 먹어갈 즈음 한 여자가 식당으로 들어왔다. 나는 식사를 끝내고도 해변을 바라보며 계속 앉아 있었다. 일찍 숙소에 들어가고 싶지 않아서였다.

여자가 식사를 마쳤는지 일어서서 계산대 앞에 섰다. 저 바지를 카페에서도 봤었다. 진한 아이보리색 면바지 무릎에 카키색 니트 원단을 덧대놓아 눈이 갔다. 무릎에 구멍을 일부러 내고 어울리지 않는 진하고 두꺼운 니트 천을 붙여놓은 것 같았다. 바지는 주름도 없이 깔끔한데 무릎에 기운 자국이라니. 카페에서 낯선 여자의 바지를 오래 바라봤었다. 그런데 다시 그 바지였다. 디자인일까, 기운 자국일까. 디자인이라면 아플

리케 바지는 오픈해 입은 붉은 체크무늬 셔츠와 잘 어울렸다. 여자는 키가 컸고 맑은 얼굴이었다. 셔츠 안의 깊게 파인 검은색 탑은 희고 가는 목선을 돋보이게 했다. 나는 서둘러 일어서서 여자를 따라 밖으로 나왔다. 어둠이 내려앉고 있었다.

저기 같이 술 한잔할 수 있어요?

처음 있는 일이었다. 낯선 곳, 낯선 시간이 나를 용감하게 만들었는지 모른다. 뜻밖에도 여자는 군더더기 없이 좋아요, 라고 답했다. 구권 화폐 거래를 약속한 사람이 혹시 이 여자였던 걸까. 그렇지 않고서야 저렇듯 시원하게 대답을 할 수 있을까. 여자는 카페와 식당에서 나를 봐왔던 걸까.

저것들이 왜 시끄럽게 짖어대고 난리야.

작은 할머니의 목소리에 깜짝 놀라 창밖을 바라보았다. 짖는 소리는 들리는데 개는 보이지 않았다. 약을 먹어야 한다 생각하니 속이 울렁거렸다. 접수대 위에 놓아둔 약을 집으며 두 할머니를 바라보았다. 천연덕스럽게 의자에 앉아 손님에게 이것 꺼내라 저것 꺼내라 명령하는 약사라니. 설마 약사는 아니겠지, 약사가 저렇게 나이가 많을까. 아니면 약사의 부인인가? 약사가 아니라면 약이 있는 곳의 위치를 어떻게 정확하게 알까. 큰 할머니는 다리를 움직이지 못하는가? 주변에 지팡이가 없는 걸 보면 움직이지 못하는 건 아닌 것 같은데. 두 할머니가 나란히 앉아 손님에게 이런저런 설명도 없이 명령하다니. 아마도 머릿속으로 그런 궁금증들이 오가던 순간이었을 것이다.

　파리약 주세요.

　약국 문을 열며 열 살 정도 되는 사내아이가 들어왔다.

　저기 있잖아.

　입구 오른쪽 진열대를 큰 할머니가 가리켰다.

　아이는 익숙하게 파리약을 집어 들고 할머니에게 만 원 한 장을 내밀었다. 할머니는 주섬주섬 주머니를 뒤져 거스름돈 지폐를 하나하나 펴서 아이에게 건넸다. 아이는 인사도 없이 나갔다.

　나는 왜 아이를 따라 나가지 않았을까.

　약국에서 파리약도 파는구나. 작은 슈퍼를 겸하고 있는 건가. 약국을 둘러봤다. 실내가 조금 넓다는 것을 제외하면 다른 약국과 구별되는 점은 없었다. 나는 접수대 위에 놓인 약을 보며 어떻게 할지 망설이고 있었다. 약을 먹으면 그것마저 토하게 될 것 같았다.

　이거, 얼마에요?

　천 원.

　약값이 무척 싸구나, 느끼며 지갑을 뒤져 꺼낸 것이 구권이 었는데 그 순간은 몰랐다. 별다른 생각 없이 구권 천 원을 건네려 하자 큰 할머니가 이게 뭐야? 옛날 돈이잖아, 하며 손을 뻗어 재빨리 가져가려 했다. 순간 더 놀란 건 나였다. 이게 왜 여기 있지. 다시 지갑을 뒤졌지만 천 원짜리라고는 구권뿐이었다. 만 원짜리도 없었고, 오만 원권 지폐는 거슬러주기 불편할 것 같았다. 동전은 있을까? 그러나 주머니도 텅 비어 있었다.

몇 가지 술을 섞어 마셨어?

다 알고 있다는 듯 작은 할머니가 물었다.

여자랑 마신 거야? 낚싯바늘은 왜 발에 걸린 거고?

대답해야 하나, 잠깐 망설였다.

그러게, 이곳까지 왜 왔어?

이번엔 큰 할머니였다. 내가 대답할 시간을 주지 않고 두 할머니가 말을 했다.

그러게, 왜 약을 먹을 만큼 술을 많이 마셨을까, 대책 없이.

내가 지난밤 술을 많이 마셨던가. 여자와 새벽까지 마신 것은 사실이었다.

여자는 좋아요, 라고 답하자마자 식당 옆에 있는 술집으로 성큼성큼 들어갔다. 일이층을 모두 사용하고 있는 큰 술집이었다. 길게 늘어선 횟집들 사이에서 눈에 띄게 네온사인을 빈틈없이 걸어둔 맥주 전문점이었다. 다양한 수입 맥주와 생맥주를 팔고 있었다. 여자는 익숙하게 구석 자리에 앉아 메뉴판을 들여다보더니 종업원을 불렀다. 내 의사는 묻지 않았다. 내가 먼저 술을 마시자고 얘기했는데 마치 기다렸다는 듯 화답하고, 냉큼 술집을 선택해 들어와 술까지 주문했다. 뭔가 홀린 느낌이 들기도 했지만, 묘한 기대감도 없지 않았다.

구권 화폐 얘기를 꺼내야 할까. 내가 이곳 바닷가까지 만나러 온 사람이 어쩌면 이 여자일지도 모른다. 카페와 식당에서 우연히 두 번 마주친 건 우연이 아닐지도. 그렇다면 슬쩍 말을 꺼내볼까. 아니면 일부러 모른 척하거나 여자가 먼저 얘기를 꺼내도록 기다릴까. 내가 만나야 할 사람이 이 여자라면 왜 카페에서 말을 걸지 않았을까. 하긴 사정이 있겠지.

인터넷으로 구권 화폐를 올리고 여러 번 거래했지만, 서울에서 버스를 타고 세 시간 거리까지 사람을 만나러 온 건 처음이었다. 너무 먼 거리여서 곤란하다고 하면 그만이었지만 나에겐 시간이 많았다. 오래 준비했던 시험을 마쳤고 갑자기 시간이 남아돌았다. 여행이라도 다녀올까, 망설이고 있었다. 사실 여행을 갈 거라면 할아버지 집에 다녀오는 게 먼저였다. 비어 있는 집이라 관리가 필요했다. 이곳으로 온 건 할아버지 집에 가고 싶지 않아서였을 것이다.

할아버지는 지점장이 아홉 명밖에 없던 시절, J은행 전주 지점장이었다. 은행에서 일했던 이력 때문이었을 것이다. 조금은 특별하다고 할 수 있는 구권 모으는 취미를 가졌고 그게 나중에 돈이 될 것을 알고 있었다. 할아버지가 남겨준 구권이 나에게 용돈 정도의 여유를 주었다. 직장을 그만두고 공무원 시험 준비를 하면서 구권이 바닥날 때까지만 놀기로 했다.

여자는 병맥주 두 병을 시켰고 나중에 생맥주를 주문했다. 무명 화가라고 자신을 소개하며 일주일 전 스케치를 할까 하고 이곳에 왔다고 했다. 아까부터 손톱 밑이 까만 게 거슬렸다. 무릎에 덧댄 니트 천과 저 까만 손톱은 뭔가 관련이 있는 걸까. 술을 마시며 내내 생각했다. 화가라고 하니 이해가 됐다. 바지 디자인이 재미있어서 카페에서부터 봤어요. 식당에서 또 봐서 놀랐는데 술까지 마시게 되네요. 나는 일부러 두 번 마주쳤다는 얘기를 꺼냈다. 바지는 디자인이 아니고, 입은 지 며칠 안 됐는데 못에 걸려 찢어졌어요. 찢어진 곳에 구멍 난 겨울 양말을 모양에 맞게 덧댄 거예요. 디자인으로 보였다니 다행이네요. 여자의 말투는 자신감이 넘쳤다. 두 번을 마주쳤다는 내 얘기에도 표정 변화가 없는 걸 보니 카페에서 만나기로 한 사람은 아닌 것 같았다.

무언가가 눈앞으로 휙 지나갔다.

무좀약 좀 주세요.

깜짝 놀라 손에 들고 있던 구권을 바닥에 떨어뜨렸다. 갑자기 약국 문을 열고 나타난 남자는 백 미터 달리기라도 하는 것처럼 재빨리 접수대 앞으로 다가왔다. 몸집이 하마처럼 컸고 목소리도 우렁찼다. 멀리서부터 뛰어온 듯 내 앞에서 거칠게 숨을 골랐다. 남자의 입에서 나는 이상한 냄새가 얼굴에 닿았다. 몸에서는 중국집에서나 맡을 수 있는 고추기름 타는 냄새가 났다.

나는 할머니를 바라봤다.

무좀약? 바르는 거, 아니면 먹는 거?

먹는 것도 있어요?

그럼 있지. 그렇지만 먹는 것은 나중에 사. 지금은 바르는 게 더 좋은 게 있어.

그럼 그거 주세요.

자네 오른손 아래 작은 약 있지? 라미실, 그거 꺼내줘.

내가 짚고 선 접수대 말인가. 내 오른손 밑에는 크고 작은 연고가 가득 쌓여 있었다. 큰 할머니는 거침이 없었다. 크지도 작지도 않은 목소리로 명령하듯 말했는데, 할머니 목소리에는 이상하게도 거부하지 못할 힘이 있었다.

나는 라미실을 접수대 위에 올려놓았다. 얼마예요? 하고 남자가 나에게 물었다.

만 원.

큰 할머니의 대답에 남자는 만 원 지폐를 두고 휙 돌아서 나갔다. 고추기름 타는 냄새가 빠져나갔고 잔향처럼 남자의 구취가 남았다. 나는 이곳을 빨리 나가고 싶었다. 약국 안은 여러 가지 냄새들이 뒤섞인 채 끈적하게 고여 있는 느낌이었다. 오래된 약 냄새와 백 년을 묵혔다 피운 것 같은 싸구려 향내, 늙은 여자에게서 나는 체취까지. 할머니들 뒤로 보이는 작은 분재들도 냄새에 숨이 막히지 않을까 싶었다.

약국은 전면과 오른쪽 측면이 전체 투명 유리창으로 만들어진 구조였다. 약국 안을 밖에서도 환히 들여다볼 수 있었다. 오른쪽 창밖에서 약국을 들여다본다면 키 작은 분재 스무 개 남짓과 의자에 앉은 검은 실루엣의 할머니들 뒷모습이 보일 거였다.

창밖은 조용했다. 차도 사람도 보이지 않았다. 조금 전 약국을 다녀간 아이와 사내만이 어디선가 갑자기 나타났다 사라진 꼴이었다. 대신 오른쪽 창 너머 공터로는 언제 나타났는지 강아지 두 마리가 보였다. 자그마한 흰색 강아지가 덩치 큰 검은 강아지 주변을 얼쩡거리고 있었다.

아이고, 고생했는데 커피 한잔 마시려나?

커피, 라는 말을 듣자 갑자기 구토가 치밀었다. 느끼한 믹스커피가 떠올랐다. 손으로 입을 틀어막고 재빨리 약국을 빠져나왔다. 공터에 서 있던 나무를 붙잡고 웃자란 풀숲에 속을 게워냈다. 안주로 먹었던, 삭은 생선회와 길쭉하게 흐무러진 채소 반찬들이 섞여 나왔다.

머리가 아팠다. 어제 술자리의 기억이 흐릿하게 맴돌았다. 배가 다시 요동쳤다. 관심을 다른 쪽으로 돌려야 했다.

카페에서 만나기로 한 사람이 오지 않았을 때까지는 괜찮았다. 여행이라 여기며 온 것이었으니까. 여자를 만난 일이며 손님을 부리는 약국의 할머니들까지 이해할 수 없는 일들의 연속이었다. 하긴 할아버지에게 받은 구권 화폐도 나에게 예고된 것이 아니었다. 낚싯바늘에 찔린 것도 그렇지만 어제의 그녀는 더욱 낯선 경험이었다. 작고 흰 강아지가 크고 검은 강아지를 쫓아다니는 약국 창밖의 풍경마저 이상해 보였다. 낚싯바늘에 느닷없이 걸려버린 것처럼 무엇엔가 낚여 내내 끌려가고 있었다. 할머니들의 말처럼 크고 단단한 쇠사슬에 묶인 걸까, 아니면 족쇄에 옭아 매인 걸까. 보도블록에 반사된 여름빛마저 눈을 따갑게 했다. 바닥에 털썩 주저앉았는데 그제야 무릎과 발의 통증이 몰려왔다.

약국에서 급하게 튀어나오다 출입문에 발이 걸려 넘어졌었다. 넘어지면서 낚싯바늘이 걸린 발도 어딘가에 세게 부딪쳤다. 무릎을 다친 것 같았지만 게워내는 게 먼저여서 한쪽 발로 뛰면서 겨우 일을 마무리했다. 심하게 토하느라 그랬는지 미늘에 긁힌 발바닥이 아파서인지 눈물이 찔끔찔끔 새어 나왔다. 무릎엔 살갗이 벗겨져서 피가 맺혀 있었다. 울컥 화가 치밀었다. 낚싯바늘을 빼내지 못한 것도, 절룩이는 나를 할머니들이 부리는 것도 참을 수 없었다.

어제는 약속도 어긋났고 낯선 여자와 술을 너무 많이 마셨고 나중에는 기억도 가물거렸다. 여자는 처음 들어간 술집에서 한 시간쯤 후에 갑자기 나가자고 했다. 여자와 두번째 들어간 곳은 횟집이었다. 소주를 시켰고 여자는 내게 화풀이라도 하듯 계속 떠들어댔다. 무명 화가로 살아가는 일은 등에 삼십 킬로 짐을 지고 매일매일 한라산을 오르는 것처럼 힘들다고 했다. 한라산을 등반해봤느냐고 내가 물었다. 등반을 해봐야 아느냐고 내게 되물었다. 그런 비유를 이해 못한다며 비웃었다. 비유가 아니라 나는 정말 그녀가 한라산 등반을 해

봤는지 궁금했다. 자기 얘기를 길게 해도 질문의 답 한마디가 오히려 더 많은 것을 말해준다고 느껴질 때가 많다. 그래서 물었던 것인데 대답은 하지 않고 자기 얘기만 계속했다. 공모전에서 몇 차례 상을 받아 겨우 정부지원금을 신청할 자격을 얻었다고 했다. 그나마 자기는 운이 좋은 편이고 지원금을 아예 못 받는 친구들이 더 많다고 했다. 그럴 때는 다른 직업을 가질 수밖에 없다며. 다른 세계 사람 같았다. 처음 만난 사람에게 스스럼없이 말을 잘했다. 오랜 친구에게 속내를 털어놓는 것처럼. 계속 참고 이야기를 들어주었다. 화장실 가는 것까지 미루고 앉아 있었다. 얼마큼 털어내고 나면 내 얘기도 들어주겠지 하는 마음도 있었다. 사실 낯선 여자에게 듣는 모르는 세계 이야기에는 흥미로운 점이 없지 않았다. 그러다 어느 순간 그녀는 벌떡 일어나더니 나가버렸다. 화장실에라도 간 줄 알고 기다렸는데 그녀는 오지 않았다.

풀숲에 게워낸 것들을 보는 순간 화가 치밀어 올랐다. 어젯밤 먹은 것들이 떠올랐고 그녀가 생각났다. 어제 풀어내지 못한 속엣것들을 겨우 토해낸 느낌이었지만 속은 더 부대꼈고 땅이 빙빙 도는 것처럼 어지러웠다. 뒤늦게 울분이 되살아났다. 어제 여자가 토해낸 불만들까지 내 마음에 얹힌 것 같아 머리가 더 무거웠다. 얘기를 많이 들어서인가, 나는 그녀가 더 이상 궁금하지 않았다. 구멍 난 바지가 새로운 디자인이 아니었던 것처럼, 그녀 역시 빤한 사람이라 여겨졌다.

나도 하고 싶은 말이 많았다. 왜 나는 하고 싶은 일이 없는지, 열정적으로 매달릴 일이 있으면 죽고 싶다는 생각도 안 할 것 같은데, 게을러서 아무것도 하고 싶지 않은 마음이 더 크다, 밤에 잠자리에 들 때마다 다음 날은 눈이 떠지지 않았으면 좋겠다…… 구권 화폐를 사려는 사람들을 만나러 다니는 일은 다른 세계를 엿보는 것 같은 재미도 있다, 어떤 사람은 구권 화폐를 한 시간 동안 들여다보다 결국 그냥 가버리더라, 화폐의 일련번호 일곱 개가 모두 같거나 순서대로 정렬되어 있으면 금액은 부르는 게 값이 될 가능성도 있다, 숫자가 연속적으로 이어진 화폐를 두세 장 발견할 때면 콧노래가 절로 나온다, 때로는 같은 금액으로 신권 화폐와 바꾼 적도 있고, 희귀한 구권 화폐 만 원권을 백만 원 받고 판 적도 있다…… 마지막 넋두리는 나는 그저 생각 없이 살아가고 있는 것 같다, 가 되지 않았을까.

공터 가운데는 작은 화단이 꾸며져 있었다. 굵은 바위로 둥글게 흙을 막아 쌓고 가운데 몇 그루의 나무를 심어놓았다. 초등학교 운동장에서 볼 수 있는 작은 동산 같은 화단이었다. 공터에서 놀던 강아지 두 마리가 약국에서 튀어나온 나를 보고 놀랐는지 한 마리는 왼쪽 앞발을 든 정지 상태로 나를 바라봤다. 내가 위협적일 것 같지 않았는지 강아지들은 다시 공터와 주변을 쏘다녔다. 흰색 강아지가 수컷인지 저보다 큰 검은색 강아지의 엉덩이 냄새를 쫓으며 따라다녔다. 종도 크기도 다른 강아지였지만 약국 안에 있는 할머니들처럼 어울려 지내는 모양이었다.

뒤따르던 흰색 강아지가 검은 강아지 쪽으로 다가가더니 갑자기 엉덩이에 올라탔다. 나뭇잎 떨어져 내리는 순간만큼 짧았지만 분명 교미였다. 그리고 나서는 아무 일도 없었다는 듯 조금 전과 다름없이 공터를 돌아다녔다. 희고 검은 두 강아지는 어울리는 한 쌍이었다. 잠깐 사이 둘은 골목으로 사라졌다.

두 할머니가 유리창을 통해 나를 바라보며 서 있었다. 작은 할머니는 내가 두고 온 약을 양손에 들고 있었다. 유리창 너머에 있는 두 할머니는 마귀 같았다. 유리창으로 비친 실루엣이 흐릿해서였는지, 내 기분이 상해서였는지 두 마귀가 야릇한 표정으로 나를 쏘아보았다.

다시 구역질이 나왔다. 누런 신물이 흘렀고 입안이 썼다. 작은 할머니가 생수병을 들고 밖으로 나왔다. 생수도 약국에서 파는 걸까.

나는 낚아채듯 생수를 건네받아 입안을 헹궜다. 작은 생수통은 금방 바닥났다. 나는 빈 생수통을 강아지 두 마리가 모습을 감춘 골목으로 냅다 던져버렸다. 할머니는 입꼬리를 올리고 묘한 웃음을 지으며 약국으로 들어갔다.

통증이 심했다. 진통제와 항생제도 먹어야 하고, 무릎에 연고도 발라야 했다. 어쩌다 이렇게 되었는지, 생각할수록 화가 치밀었다. 넘어질 때 머릿속이 하얘지는 느낌이었다. 쏟아지는 여름 햇볕 아래 있으니 머릿속은 텅 비어갔다. 공터 풀들은 기운 없이 축 처져 있었다. 약국 안의 두 할머니는 좁은 의자에 어깨를 나란히 하고 내게 등을 보이며 앉아 있었다.

나는 약국으로 들어가 다짜고짜 작은 할머니의 팔을 붙잡아 일으키고 자리를 차지했다. 아파서 못 견디겠어요. 두 할머니는 어리둥절한 표정으로 나를 노려봤다. 옆에 앉은 큰 할머니의 팔이 나에게 닿았다. 할머니의 팔은 굳어 있었다. 굳은 팔에서 시린 냉기가 전해졌다. 약국에는 에어컨도 없었다. 에어컨도 없는데 할머니 팔이 왜 차갑게 느껴지는 걸까? 의자는 작고 불편했다. 겨우 엉덩이를 걸치고 아픈 발을 내밀었다. 무릎에 약 좀 발라줘요. 낚싯바늘이 박힌 곳도 통증이라도 덜게 뭘 좀 발라주시고요. 서 있던 할머니가 약을 꺼내왔다. 할머니는 뭉툭하고 거뭇한 손으로 망설임도 없이 무릎에 소독약과 연고를 바르고 밴드를 붙였다. 손놀림이 노련했다.

할아버지는 저승꽃이 핀 가느다란 손으로 오래된 가죽가방을 말없이 내게 내밀었다. 연고를 바르는 할머니 손보다 할아버지 손이 더 고왔다. 할아버지가 내민 가방은 거미줄과 먼지로 덮여 있었다. 께름직한 마음에 만지고 싶지 않았지만, 먼지라도 털어야 할 것 같았다. 꽤 묵직했다. 마당에 나가 먼지를 털어낸 뒤 할아버지 앞에 가방을 다시 내려놓았다. 내가 모은 거다. 네가 갖다 써라. 그렇게 말하고 할아버지는 벌떡 일어나 방을 나가버렸다. 도무지 짐작이 가지 않았다. 낡고 오래된 물건들은 혼자 사는 초라한 할아버지만큼이나 가까이 하고 싶지 않은 것이었다. 할아버지가 돌아가신 다음에야 나는 가방을 열어보았다. 뜻밖에도 가방 속에는 구권 화폐와 묶음 동전들이 가득 들어 있었다.

할아버지는 술에 취하면 옛날얘기를 두서없이 중얼거렸다. 그때 땡중이 시주를 하지 않는다고 억하심정에서 한 말이었는지 이 집은 여자들이 빨리 죽는 터라는 거야. 이사하지 않으면 홀아비가 될 거라나. 할머니가 죽었을 때는 기억하지 못했어. 네 엄마가 일찍 죽고 나서야 어렴풋이 떠오르더라고. 그 말을 무시해서 내가 벌을 받는 것인지. 아마 그 말을 믿었어도 이사는 하지 않았을 거야. 땡중 말을 믿고 이사까지 하는 바보가 세상에 어딨어. 할아버지에게 그 말을 너무 많이 들어서 나도 모르게 할아버지에게 원망의 마음이 쌓였던 것은 아니었을까. 할아버지는 자신 탓인 것만 같다며 내 눈을 똑바로 바라보지 못했다. 할머니와 엄마는 일찍 세상을 떠났고 아버지마저 어디론가 사라진 집에 발을 들이고 싶지 않았다.

큰 할머니는 접수대에 기대 있고 작은 할머니는 벌을 서듯 바른 자세로 내 앞에 서 있었다. 서로 눈을 피한 채 어색한 시간이 천천히 지나가고 있었다. 내가 이곳에 왜 앉아 있는 걸까. 누군가, 무엇인가가 나를 쥐고 흔드는 것 같다. 어제 내가 먼저 말을 걸었지만 결국 그녀에게 걸려든 것처럼. 누군가가 이

끄는 대로 끌려다니는 느낌이었다. 내가 할 수 있는 건 아무것도 없고 멋대로 걸린 낚싯바늘에 놀아나는 것 같은, 아니 굵은 사슬에 채인 것 같은. 얼마 남지 않은 화폐마저 나를 옭아맬 도구가 아닐까. 미늘 때문에 낚싯바늘을 뺄 수도 없는 이상하고 고통스러운 상황에 나는 대책 없이 끌려가고 있었다.

차가 멈추는 소리가 들렸다. 젊은 남녀가 길가에 차를 세우고 약국 안으로 들어왔다. 그런데 접수대의 할머니들 쪽으로 가지 않고 의자에 앉아 있는 내 앞으로 곧장 다가왔다. 남자는 같이 온 여자의 허벅지 안쪽을 가리키며 말했다. 여기가 빨갛게 부었어요, 양쪽 다요. 오돌토돌한 뭔가도 생겼구요. 어디 보자, 바지를 올려봐라. 큰 할머니가 앞으로 나서며 말했지만, 여자는 여전히 내가 약사라 여기는 듯했다. 여자가 머뭇거리며 내 눈앞에 반바지를 올려 보였다. 오른쪽 허벅지를 보여주고 다시 왼쪽을 보여주었다. 하얀 속살이 내 눈앞에서 풍선처럼 붉게 부풀어 올랐다. 눈이 부셔 바로 바라볼 수조차 없었다. 희고 고운 살결에 꽃분홍색 홍조가 손바닥 넓이만큼 퍼져 있었고, 그 가운데는 작고 오돌토돌한 돌기들이 솟아 있었다. 그거 땀띠다, 그거 빨리 낫게 하고 싶으면 소금물로 여러 번 씻어라, 약도 필요 없다, 소금물로 씻는 게 제일 빠르다. 큰 할머니가 대수롭지 않다는 듯 말을 쏟아냈다. 황당한 표정으로 남자가 나를 봤지만 나는 할 말이 없었다. 내 발에 걸린 낚싯바늘을 힐긋거리다 남자와 여자는 나가버렸다.

약을 팔아보고 싶었다. 더 이상 이상한 상황에 끌려다니지 않으려면 내 의지를 담아 무엇이든 해야 했다. 젊은 남녀는 내가 약을 팔아야겠다고 마음먹은 뒤의 첫 손님이었다. 그러나 할머니는 두 남녀를 내쫓아버렸다. 내가 할머니들을 부릴 수 있는 기회였다. 거기 약 꺼내세요, 잘했어요.

이모는 마흔일곱에 9급 공무원 시험에 합격해서 동사무소에 출근하고 있다. 월급이 많지는 않지만, 아이들 학비 감면 혜택에다 무엇보다 안정적으로 정년까지 다닐 수 있다며 늦은 나이에 공부를 시작했다. 결혼 후에도 과외교사를 하며 책을 놓지 않았던 이모는 공부 시작한 지 일 년 만에 합격했다. 이모는 두 번의 결혼과 이혼으로 세 아이를 혼자 키우고 있다. 절박했기 때문에 금방 합격했는지 모르지만, 나에게는 쉬운 일이 아니었다. 벌써 삼 년째 공무원 시험 준비 중이다. 오십이 다 된 나도 한 일이야, 라는 이모 말에 전적으로 기댄 건 아니었다. 어쩐지 떠밀려서 여기까지 온 것 같다. 무언가를 내가 선택해서 결정한 게 있을까. 무명 화가의 힘겨움을 쏟아내던 어제의 여자도 어쩔 수 없이 이곳까지 떠밀려온 것인지도 모른다. 나는 그런 그녀 앞에서도 어찌할 줄 몰랐다. 낚싯바늘이 아니더라도 나는 언제나 내 삶의 주인이 아니었던 것 같다.

할머니들에게마저 주도권을 빼앗겨버렸다. 손님으로 온 나를 계속 부려먹더니 내가 약을 팔아야겠다고 마음먹은 순간

들어온 손님마저 내보내버렸다. 더 이상 약국에 머물 이유가 없었다. 낚싯바늘은 튼튼하게 잘 걸려 있었다.

공터에서는 강아지 두 마리가 내가 게워낸 토사물 냄새를 맡으며 주위를 서성거렸다. 큰 할머니가 쟤들이 저걸 먹으면 어떡하지, 하고 말했다. 쟤들도 생각이 있어. 요즘 개들은 먹을 게 많고 고급스럽게 자라서 저런 것 따위 먹지 않아. 나보고 들으라는 듯 작은 할머니가 목소리를 높였다. 강아지 두 마리는 앞서거니 뒤서거니 공터 주변을 돌아다니다 다시 짧게 붙었다 떨어지곤 했다.

자네는 구권 떨어지면 뭘 하려나?

눈을 마주치며 큰 할머니가 나에게 물었다.

여름은 빛이 강해. 더워야 말할 것도 없고. 술 많이 마시지 말고, 어서 가서 낚싯바늘 빼야지?

작은 할머니가 내 손을 잡아 일으키며 말했다. 할머니의 얼굴 주름은 더 깊게 패어 있었다.

빨간 캡슐 두 개와 생록천은 접수대 위에 놓여 있었다. 액면가보다 더 가치 있을 수 있는 구권 화폐와 약을 두고 문을 열고 나오려는데 작은 할머니가 다가왔다. 먹어, 그래야 덜 아프지. 할머니가 약을 내 손에 쥐여주었다. 나는 낚싯바늘을 발에 매단 채 절룩이며 약국을 나섰다. 밖에는 한 번도 본 적 없는 낯선 여름이 도착해 있었다.

삼각형의 관계, 삼각형의 시간

정홍수(문학평론가)

1

"봄 바다는 겉으론 잠잠해 보여도 속에서 들끓고 있으니 언제든 안심할 수 없다. 바람의 방향이 갑자기 바뀌면 겨울 바다보다 무섭게 출렁여서 섬사람들은 봄날엔 함부로 배를 띄우지 않는다고 했다."(「봄 바다」, 9쪽) 박규숙의 소설은 고요한 '봄 바다'를 닮았다. 좀 더 정확히는 '봄 바다'의 고요 속에 들끓는 겨울 바다를 품으려 한다. 문장은 짧게 끊어지며 이야기의 비등점을 누른다. 차갑고 건조한 말들은 사납게 들끓는 이야기의 열도를 문장의 여백에 여툰다. 물론 이야기는 끝내 숨지 못한다. '봄 바다'의 고요함조차 박규숙의 소설이 하려는 이야기의 일부이기 때문이다. 그러나 여기서도 심연의 들끓음은 곧장 드러나지 않으려 한다. 박규숙의 소설은 이야기를 풀어내는 대신 자꾸 해찰하며 다른 곳을 보고 가리킨다. 거기에는 봄날의 보리밭이 있고, 보리 이랑 흙더미 속에 올망졸망 모여 있는 새끼 쥐들이 있다. 너푸가사리를 뜯어 오는 섬 소년이 있고, 너푸가사리를 처마 밑 그늘에 말리고 너푸가사리국을 끓이는 시간이 있다. 그러다 그 시간들 사이로 퇴적된 또 다른 시간의 지층이 모습을 드러내는 순간이 있다. 박규숙 소설은 그 순간을 기다리며 더디게 서사의 리듬을 형성해간다. 사나운 겨울 바다의 이야기는 끝내 다 말해지지 못하지만, 지나온 시간과 다가올 시간에 감싸인 그 이야기는 잠잠해진 채로 조금은 더 크고 관대하고 무심한 이야기 속으로 합류한다. 우리는 박규숙의 이야기가 계속 자신의 짐을 나눌 환유의 대상을 찾아왔다는 것을 알게 되고, 해찰의 리듬과 시간 속에 흩어져 있는 작은 사물과 풍경들을 뒤늦게 돌아보게 된다. 어쩌면 이것은 단편소설의 고전적 미학 안에서 오랫동안 자신의 이야기 방식을 찾으며 스스로를 단련시켜온 작가의 충실성인지도 모른다.

2

박규숙 소설에는 '삼각관계'라고 부름직한 반복되는 이야기의 패턴이 있다. 등단작인 「은유와 고조」가 뚜렷이 그러하고, 비슷한 관계의 양상이 「봄 바다」「피팅」「카페 헤밍웨이」「불온한 유월」 등에서도 보인다. 「피팅」의 경우 화자인 디자인실 신입 '나'가 후배로 들어온 소희에게 느끼는 미묘한 경쟁과 질투의 감정이 이야기의 중심에 있는데, 이를 일종의 인정투쟁의 과정으로 본다면 느슨한 대로 삼각관계의 구도를 적용할 수 있다. 「불온한 유월」은 아들의 여자 친구를 받아들이는 과정에서 여성 화자 '나'가 겪고 있는 혼란스러운 마음의 풍경을 그린 작품으로, 이 또한 연애와는 다른 지점에서 관계의 삼각형을 그려볼 수 있다. 이 두 작품이 통상적인 삼각관계의 변주라면(「어쩔 수 없었어」는 동거하다 헤어진 두 남녀의 후일담 형식을 취하고 있는데, 관계가 끝난 이후의 시간에 보이지 않는 삼각형의 꼭지점이 있다고 볼 수도 있다), 「은유와 고조」, 「봄 바다」, 「카페 헤밍웨이」는 본격적인 삼각관계 서사로 보아도 무방할 것 같다. 물론 이 같은 패턴은 소설을 포함한 서사체 전반에서 보편적인 것으로, 이야기를 발생시키는 인간관계의 중요한 원형적 구도라고 할 수 있다. 르네 지라르는 소설의 인물들이 가진 욕망의 체계를 분석하는 가운데 '중개자의 모방'이라는 구도를 발견했고, 이를 '욕망

의 삼각형'이라고 부른 바도 있다. 그렇긴 하나 첫 소설집의
작품들에서 특정한 이야기의 패턴과 모티브가 반복될 때, 이
를 작가의 소설이 쓰이는 고유하고 개성적인 좌표와 관련하
여 검토하고 생각해볼 여지는 있는 것 같다. 삶이란 그 순간
의 열정과 몸짓은 다를지언정 알지 못할 두려움 속에서 여러
번 되풀이된다. 작가에게 반복되는 패턴, 모티브는 그 두려움
을 헤쳐나가면서 삶을 이해하려는 '되풀이되는' 시도인지도
모른다.

흥미로운 것은 박규숙의 소설에서 삼각관계의 긴장과 갈등
이 서사의 극적 강렬화에 기여하는 부분이 많지 않다는 점이
다. 관계의 대립은 서사를 움직이고 들어 올리는 수순을 밟는
것이 아니라, 소설의 시작과 함께 빠르게 서사 안에 안착된
뒤 일종의 '그 후'의 시간으로 조용히 접혀 들어간다. 서사는
극적 전개로 나아가지 않고 오히려 더 가라앉고 침잠하는 것
처럼 보인다.

「카페 헤밍웨이」에서 여성 화자 '나'와 우근의 결혼생활은
우근의 갑작스러운 결별 통보로 이미 파탄이 난 상태이다.
'나'는 배우가 되고 싶어 연극무대를 전전하던 우근을 대학
연극과에 입학시키고 나서야 어렵게 가족들로부터 결혼 허락
을 받아냈다. 우근이 학교에 다니는 동안 '나'는 발레리나의
꿈을 접고 카페에서 일하며 생활을 책임져왔다. 결혼한 지 일
년이 될 무렵 우근의 생일날 아침 식탁에서 '나'는 우근으로

부터 헤어지자는 말을 듣는다. 소설은 이 돌연한 상황을 다음과 같이 전해준다.

    왜 헤어지는데?/나 지금 자민이 집에서 지내./왜 거기 있어?/벌써 꽤 됐어./나만 모르고 있었다. 함께 어울려 다녔던 누구도 차마 나에게 얘기해줄 수 없었겠지.(181쪽)

    자민은 우근의 연극과 동기생으로, 두 사람의 신혼집에서 허물없이 자고 간 적도 있다. 우근의 이별 통보 후 세 사람이 마주한 자리의 상황 전개도 놀랍다. '나'가 자민에게 우근을 사랑하냐고 묻자, "아니……"(183쪽)라는 대답이 돌아온다. 보통의 서사라면 이제부터 극적이고 격렬한 행동과 사건의 문이 열릴 법한 지점이다. 그러나 「카페 헤밍웨이」의 서사는 느닷없는 방식으로 도착한 '나'의 결혼생활의 파국에 이상할 정도로 무심하다. 우리가 소설에서 계속 접하게 되는 것은 우근이 떠난 뒤 오빠의 카페를 인수해서 직접 운영하고 있는 '나'의 일상이다. 카페를 쉼터로 삼는 '냥할머니' 이야기, 유기견 '왕코'의 이야기가 극적 사건의 자리를 대신한다. 우근과의 결혼 후에도 '나'를 향한 시선을 거두지 않던 우근의 친구 J가 '나'를 찾아 카페로 오지만(여기에도 관계의 삼각형이 있다) 별다른 일은 일어나지 않는다. 극적 사건 대신 소설이 수면 아래 숨겨놓은 이야기를 부상시키는 것은 특별한 장소를 통해서다. 계단 아래 옹색하게 들어서 있는 카페의 화장실. "카페에서 화장실로 통하는 문을 열면 다른 세계로 들어서는 것 같았다."(187쪽) 폭우가 내리는 날이면 삼나무 재질로 된 카페 내부는 온통 비꺽거리며 비명을 토해냈으나, 시멘트 모르타르 마감이 노출된 그곳은 고요했다.

변기와 세면실로 나누어진 작은 공간이지만 아주 비좁지는 않았다. 세면실 어깨쯤 높이에 폭 좁은 거울을 띠처럼 둘러 붙여놓았다. 고개를 돌릴 때마다 거울에 비친 얼굴이 그림자처럼 따라다녔다. 모퉁이에는 스툴을 놔두었다. 그곳에 앉아 바라보는 거울엔 빈 벽만 비쳤다. 벽처럼 보이는 거울을 바라보다 쪽잠에 빠져들기도 했다. 채광도 안 되는 작은 창이 머리 위에 나 있을 뿐인데 공기는 항상 시원했다. 그 창을 볼 때마다 낡은 토슈즈의 깊은 구멍이 떠오르곤 했다.(187~188쪽)

'빈 벽만 비치는 거울'을 바라보기. 이 특별한 고독의 자세가 흐르지 않고 설명되지 않는 눈앞의 시간을 넘어 구멍 난 토슈즈의 시간, 할머니의 야윈 손을 잡고 발레학원을 오가던 시간으로 향하는 창을 열고 숨어 있는 이야기를 연다. 그 시간 속으로 끝내 낚싯줄을 놓지 않은 영화 속 노인의 이야기, "엄마의 자취라곤 없는 작고 어두운 방에서 혼자 우리를 맞이하던, 그 여름 창백했던 아빠"(191쪽)의 이야기, 중학생 때

'75센티미터 친구'의 이야기, 할머니가 들려준 느티나무 이야기가 흘러 들어온다. 우리는 뒤늦게 「카페 헤밍웨이」의 이야기가 관계의 갈등과 파국에 대한 이야기가 아니라 '나'가 견디는 시간의 이야기라는 것을 알게 된다. 클림트 그림이 걸려 있는 카페의 이름이 왜 '카페 헤밍웨이'여야 하는지도. 냥할머니와 왕코가 왜 그렇게 자주 카페의 이야기 속으로 들어와야 했는지도. 소설의 마지막은 역시 계단 밑 작은 공간이다. 아무런 격렬한 극적 서사도 없었지만 우리도 저 '움켜쥔 손'에 대해 조금은 알 것 같은 마음이 된다.

> 스툴에 앉아 바닥에 닿은 왕코의 목줄을 바라보았다. 두 뼘쯤 끌어당겨 손에 감고 움켜쥐었다. 바람도 추위도 어둠도 쉬 걷히지 않을 것 같았다. 언제까지 앉아 있게 될지 몰랐으나 내가 할 일은 움켜쥔 손에 힘을 더하는 것뿐이었다.(196쪽)

소설집의 표제작 「어쩔 수 없었어」 역시 실패한 관계를 다루되, 후회와 미련, 거절과 배반의 극적 이야기를 전경화하지 않는다. 고향 선후배 사이인 여성 화자 '나'와 지오는 연인이 되었고 두 사람이 함께 다녔던 대학가 옥탑방에서 함께 지냈다. '나'가 혼자 살고 있던 옥탑방으로 지오가 옮겨오는 식으로. 지금 두 사람은 같이 살지 않는다. "우리가 왜 헤어졌을까?" 지오의 질문에 '나'는 대답한다. "어쩔 수 없었어."(109쪽) 이게 다다. 소설의 현재에서 두 사람은 예전에 함께 살던 옥탑방 앞에서 만나 동네를 걷고 단골 식당에 들르고 극단 연습실 앞을 지나고 카페에서 커피를 마신다. 그러면서 서로 어긋나는 기억들을 확인한다. 아무런 극적 사건도 없고, 끝난 관계에 변화가 생길 어떤 조짐도 없다. 그런데도 소설은 옛 동네를 걷는 두 사람의 한나절 짧은 산책의 풍경 안으로 시간 속에 접혀 있는 이야기를 끄집어내어 무언가를 흔든다. 그 흔들림은 두 사람의 걷기를 따라가는 서사의 내밀한 리듬에서 생겨난 것이기도 하다. 이번에도 삶의 시간이 새겨져 있는 세밀한 장소의 기억이 박규숙 소설의 조용한 서사를 떠받친다.

나는 비석에서 떨어져 정자 앞 광장을 걸었다. 광장에 깔린 보도블록이 비에 젖어 검게 번들거렸다. 그곳은 광장이라고 부르기에 턱없이 비좁은 공간이었다. 하지만 오래전부터 나는 그곳을 광장이라 칭했다.(92쪽)

그 좁은 '광장'은 '나'에게 "무언가가 그곳으로부터 시작된다는 느낌"(92쪽)을 주었던바, '나'의 가난한 마음을 어떤 이야기보다 진하게 전해준다. 옛 동네의 허름한 미용실은 중학생 때 동네 친구가 선배인 지오에게 쓴 크리스마스카드를 빼앗아 찢어버린 '나'의 치기 어린 행동을 떠올리게 해준다(여기에도 작은 '삼각형'이 있다). 그러나 「카페 헤밍웨이」의 '빈 벽만 비치는 거울'을 떠올리게 해주는 고독의 장소는 정작 옥탑방에서 바라보던 고궁의 기와지붕이다. 그 기와지붕 위로 떨어져 내린 비 맞은 주황빛 낙엽들. "비 맞은 낙엽이 살아있는 유기체처럼 파닥거린다는 느낌이 들었다. 주위는 온통 짙은 비안개에 가려지고 그 한 장면만이 돌올하게 내 앞에 놓여 있었다."(99쪽) 이 파닥거리는 낙엽들은 '나'를 좌절시키고 무릎 꿇리는 세상의 풍경이기도 하지만, 동시에 '나'를 살아가게 하는 무언가이기도 했을 것이다. 소설은 지붕과 낙엽의 이야기를 이렇게 들려준다.

그날 아침에는 드넓은 창경궁은 안개 속에 묻혀 있고 조각으로 떨어져 나온 듯한 기와지붕과 낙엽만이 하늘에 떠 있었다. 손으로 잡아당기면 그것들이 스르륵 끌려올 것 같아 절로 손이 내밀어졌다. 그런데 내민 손을 거두어들이는 순간 눈앞의 지붕이 나와 다르지 않은 것같이 느껴졌다. 눈을 감았다 뜨는 찰나에도 사라져버릴 수 있을 것처럼 위태롭고 희미한 존재로 다가왔다. 고궁은 나를 오래 옥탑방에 머무르게도 했지만 떠나게도 했던 것 같다.(99~100쪽)

이야기를 장소나 풍경, 사물의 세목 속에 숨기는 이런 방식은 '시적'인 것이라 할 만하다. 박규숙의 소설들은 '시적인 지향'과 서사의 산문적 전개 사이에서 아슬아슬한 줄타기를 하고 있는 것 같기도 하다. 지오의 이야기를 전해주는 자리에서도 소설은 쉽게 산문적 개진을 허용하지 않는다. 가령 지오의 시골집 이야기를 보자. 마을 초입에 외따로 떨어져 있던 그 집에는 원래 중년의 사내가 혼자 살고 있었다. '나'는 탱자나무 울타리와 낮은 시멘트 블록 담장 너머로 댓돌 위에 놓인 유난히 흰 고무신과 정원의 꽃들을 보며 그곳을 지나다녔다. 어느 날 탱자나무 울타리가 베어지고 회색 시멘트 블록으로 쌓은 담이 그 집을 둘러싸버렸다. 그리고 황토색 철제 대문이 생겨났다. 지오네 집이 이사 오면서 생긴 변화다. 소설은 이렇게 말한다. "지오를 마주할 때면 가끔 그 철제 대문이 떠올라 막막해지곤 했다."(103쪽) 기와지붕의 낙엽과 철제 대문의 이미지를 통해 설명할 수 없는 것을 설명할 수 없는 대로 놓아두는 것, 이게 박규숙 소설이 세상의 이야기를 자기화하는 방법인 것 같다.

그렇다고 해서 뜨겁고 격렬한 부딪침의 서사가 없는 것은 아니다. 은유와 고조라는 독특한 이름을 가진 두 여성은 중학교 동창으로, 도시의 고등학교에 입학하면서부터 같이 지내온 육친 같은 친구다. 소설 「은유와 고조」 이야기다. 은유는 유기견 보호소에서 일을 하고, 고조는 패션디자이너로 일하고 있다. 은유의 꿈도 패션디자이너였지만, 옷에 대한 안목이 남달랐던 고조가 늘 한발 앞섰고 은유는 자신의 꿈을 버렸다. 질투와 경쟁심을 한쪽에 두고 살아온 친구의 전형이라 할

만하다. 두 사람 사이에 재오라는 남자가 나타난 뒤 비극적인 사고가 일어난다. 재오는 고조가 디자이너로 있는 의류회사의 MD로 원단 구매 일을 하고 있는데, 중국 텐진의 모피 원단 공장 출장길에 은유와 고조가 동행하게 된다. 저녁 술자리에서 독주를 과음한 고조가 의식을 잃고 쓰러지는 일이 발생한다. 지금 고조는 의식 불명인 채 병원에 누워 있다. 그날 술자리에서 은유는 재오와 사귀는 사이라는 말을 했고, 그 말이후 고조의 표정이 굳고 술 마시는 속도가 빨라졌다. 은유와 재오의 관계를 뒤늦게 알게 되면서 고조가 받은 충격이 뇌출혈로 밝혀진 실신의 원인인지는 불명확한 채로, 두 친구 사이에 내연하던 갈등이 비극적 사고로 표출된 것은 분명한 사실이다. 그런데 우정이 덮고 있던 관계의 어떤 측면이 규범이나 윤리의 유보 이전, 인간 진실의 좀 더 적나라한 쪽과 이어져 있다고 한다면, 세 사람이 그날 모피 원단 공장에서 목도한 광경 역시 비슷한 맥락에서 고조를 힘들게 했을 가능성은 충분하다. 그것은 살아 있는 여우의 가죽을 벗기는 잔혹하고 끔찍한 장면으로, 소설은 이 대목을 과도할 정도로 길고 자세히 묘사하고 있다. 일부만 인용한다.

이번엔 남자가 손도끼를 들고 죽은 듯 누워 있는 여우들 쪽으로 갔다. (……) 잘려 나간 발목 부분에서부터 천천히 껍질을 뒤집어 벗겼다. (……) 거죽을 벗어 붉게 실핏줄이 드러난 여우 몸뚱이도 다른 쪽에 쌓았다. 여우가 힘겹게 눈을 떴다. 경련이라도 하듯 파닥거리는 여우 몸에서 흰 김이 피어올랐다. 산 채로 껍질을 벗겨야 가죽 상태가 좋아, 재오가 덤덤하게 말했다.(44~45쪽)

고조가 받은 충격도 "은유의 손을 꼭 쥐고 있었는데 손끝부터 얼음처럼 차가워가는 느낌이 또렷했다. 감기 든 사람처럼 몸까지 오돌오돌 떨었다"(45쪽)고 정확히 언급되고 있다. 고조로서는 자신이 디자인하는 모피 옷의 원단이 이런 과정을 거쳐 수입되고 있는지는 몰랐을 것이다. 재오의 '덤덤함'은 익숙함 때문이라고 치더라도, 은유는 어떻게 이 잔혹한 충격을 견디고 있는 걸까. 소설은 유기견 보호서에서 직접 안락사를 시키고 죽은 강아지를 처리하는 은유의 일상 업무를 건조하게 보고하는 방식으로 이에 대한 우회적 답변을 마련하고 있는 것으로 보인다. "어제 박스 열두 개가 나갔다. 은유는 죽은 강아지를 신문지에 둘둘 말아 박스에 네 마리씩 넣어두었다."(51쪽) 말고도 소설은 보호소에 갓 들어온 유기견이 집단 린치를 당하는 장면 등을 세세하게 보여주면서 은유가 지나고 있는 시간과 내면의 힘겨움을 간접화하고 있는데, 박규숙 소설의 단편 미학이 잘 드러나는 지점이기도 하다. 「은유와 고조」가 박규숙 소설에서는 이례적이다 싶게 관계의 갈등을 밀어붙여 서사를 고조시키고는 있지만, 소설이 화자 은유의 있을 수 있는 죄의식을 탐문하는 쪽으로 가지 않고 비극적 사건을 얼마간 '자연화'하면서 다른 차원의 문제 해결 지평을 모색한다는 점은 주목할 만하다.

　매주 고조의 병실을 찾는 은유의 마음에 사건의 인과가 불분명한 채로도 미안함과 죄의식이 생겨나는 것은 당연하다. 그러나 소설은 그런 마음을 전경화하는 대신 은유의 자리를 훨씬 더 냉혹한 지대로 이동시킨다. 은유는 눈만 뜬 채 누워 있는 고조를 향해 마음속으로 말한다. "배고파? 아니면 나가고 싶어? 고조는 어쩌면, 지금도 재오와 잘 사귀고 있어? 라고 묻는지 모른다. 헤어졌어, 라고 말하고 싶지 않다. 네가 편안하길 바라지 않으니까."(47쪽) 그날 저녁의 술자리에 대해서도 자신이 가졌던 질투의 마음을 숨기지 않는다. "그 말을 듣고 네가 화난 사람처럼 굴었지. 그래서 재오가 너에게 친절했을 거야. 난 그게 싫었고. 은유는 고조를 바라보며 눈빛으로 소리쳤다."(49쪽) 물론 이를 죄의식의 역설적 표현으로 볼 수도 있을 것이다. 유기견으로 들어온 토이푸들의 새끼 '시루'에 대한 은유의 특별한 관심에는 가망 없는 고조의 상태에 대한 안타까움이 들어 있기도 하다.("두드러진 흰색 부분으로 인해 고조는 한 줌 뇌를 가진 시루도 할 수 있는 배고프다는 표현도, 밖으로 나가고 싶다는 생각도 드러낼 수 없다." 53쪽) 그러나 사고 이후 재오와도 헤어진 뒤 은유가 고조를 바라보는 다음과 같은 시선에 이르면, 우리는 박규숙 소설이 관계와 상처를 받아들이고 이해하는 근본적 태도를 엿본 느낌이 된다. 고조는 은유와 함께 사는 집 마당 잣나무 아래에 키우던 장수풍뎅이 애벌레를 묻은 적이 있다.

처음 잣나무 이파리가 누렇게 변해갈 즈음 나무 아래를 파보았다. 까맣고 부드러운 부엽토 속에 애벌레들이 꿈틀거리고 있었다. 고조가 묻었던 것보다 훨씬 많았다. 은유는 다시 흙을 덮었다. 잣나무와 애벌레는 서로 공생관계를 유지한다고 했다. 애벌레를 모두 없애버리면 잣나무 또한 살아남을 수 없다. (……) 서로에게 기대면서도 괴롭히는 사이? 잣 열매는 여전히 크고 단단했다.(57~58쪽)

고조와의 관계를 일종의 자연 상태의 본질로 이동시키기, 혹은 인간사의 유한한 시간 안에 두는 것. 이것은 일종의 관점의 전환이라 할 수 있는데, 소설의 마지막에 같은 병실에 있던 할머니의 죽음이 암시되고 있는 것도 같은 맥락이라고 할 수 있을 테다. 격렬하고 비극적인 사건이 일어났음에도 불구하고 소설이 극적 서사로 전개되지 않고 다시 한번 조용히 침잠하게 되는 것도 그 때문이다. 소설의 마지막, 은유는 고조와의 추억이 깃든 특별한 책을 병상에서 읽어주려 하고 있다.

은유는 첫 문장을 읽으려다 그만두었다. 책을 할머니 침대 끝에 놓인 쓰레기통에 던져버리고 병실을 나왔다. 어디선가 잣 향

이 흘러들었다.(60~61쪽)

　결국 '잣 향'으로 끝낼 수밖에 없다는 것은 박규숙 소설의
자기 정직성일 것이다. 잣 향의 여백 속에서 은유는 고조와의
'어쩔 수 없었던' 시간을 좀 더 크고 오래된, 무심한 시간의
질서 안에 넣어보고 있는 것이리라. 이 같은 시적 여백으로의
침잠을 존중하면서도 삶과 세계의 속된 현실에 대한 더 끈덕
지고 밀착된 언어의 투입을 박규숙 소설의 과제로 생각해보
게도 되는 대목이다.

　3

　그러니까 여우의 가죽을 벗기는 잔혹성이나 잣나무와 애벌
레의 자연적 질서가 만들어내는 이야기의 차원 이동도 소중
하지만, 여러 층위의 국면이 뒤얽혀 있는 착잡하고 불투명한
삶의 이야기를 그 자체로 응시하고 발굴해내는 시간도 소설
의 풍성한 육체를 위해서는 긴요하다 할 테다. 그런 점에서도
「봄 바다」는 뒤늦게 출발선에 선 박규숙 소설의 잠재적 역량
을 충분히 확인할 수 있는 작품이다. 「봄 바다」의 배경이 되
는 남도의 섬 연지도의 이야기에는 인간관계의 특별한 측면
을 중심으로 조금은 좁게 형성된 느낌을 주는 박규숙의 다른

소설들과는 달리 사회역사적인 시간의 층위가 세심하게 이야기를 감싸고 있다. 여성 화자 '나'는 K시에 살던 초등학교 시절 갑자기 학교가 긴 휴교에 들어가게 되면서 연지도에서 한철을 보낸 이야기를 회상한다. 고모는 보리밭 이랑에서 놀던 사촌 오빠의 웃음소리가 들려오자 야단을 쳤다. "그 웃음소리 흘려내지 말라고 했지!"(22쪽)

집마다 이상한 소란과 침묵이 찾아왔다. K시에서 내려온 아이들이 있던 집에서는 시끄러운 소리가 끊이지 않았고, 그때까지 내려오지 못한 자식을 둔 집에서는 침묵이 감돌았다.(23쪽)

이 회상은 소설의 결말부에 사촌 오빠가 쓰던 방의 이야기로 돌아온다.

나는 낮에 읽던 책을 집어 들었다. 사촌 오빠가 쓰던 방에는 오래된 책이 많았다. 오빠는 대학에 입학하고 한 번도 연지도 땅을 밟지 않았다. 그 봄날, 두 아들을 한꺼번에 잃어버린 옆집 아주머니 앞에 나설 수가 없다는 것이다.(32쪽)

그해 '봄날'의 시간을 이야기의 저류에서 흐르게 하는 소설의 섬세한 손길이 인상적이다. 친구인 A, A의 남편인 '그'('나'와 A의 교대 선배)와 맺고 있는 모호하고 불편한 관계가

'봄 바다' 아래의 들끓음으로 진정될 수 있었다면('그'는 지금 '나'를 만나러 모하도에 들어와 있지만 이야기는 더 이상 진척되지 않는다), 그것은 '봄날'의 시간이 소설 전체에서 만들어내고 있는 절제의 리듬 때문이었을 것이다. 모하도의 소년 정우가 부르는 노래 이야기도 있다.

아이의 노랫소리가 들려왔다. 첫음절이 나오는 순간, 그 소리가 내 가슴을 때렸다. 통증 같은 것이었다. 어린아이다운 가는 목소리에 청아한 울림이 넓게 퍼졌다. 그런데 노래에 서러움과 애절함이 잔뜩 묻어 나왔다.(13~14쪽)

아버지의 낚싯배를 타고 연지도의 학교에 다니는 소년. 강풍이나 안개로 배를 띄우지 못하면 학교에 오지 못한다. 엄마는 병을 앓고 있고, 모하도에는 지금 정우네 한 가족만 살고 있다. 이런 사정과 정우의 '서러운' 노래는 어떻게 연결되어 있는 걸까. 아마도 설명할 수 없는 삶의 지점은 이런 데도 있을 것이다. 정우가 뜯어온 너푸가사리를 말려 국을 끓여 먹는 소설의 장면이 아름다운 이유다. 정우의 이야기 또한 '나'와 '그'의 이야기를 삶의 더 깊은 시간 속으로 밀어 넣고 있다. 그리고 여기에 고모부의 첫사랑 '잔등 아주머니'의 이야기가 더해지면서 '나'를 둘러싸고 있는 시간의 삼각형이 완성된다. 잔등 아주머니가 시집을 가면서 속마음도 전하지 못하고 끝난 사랑. 사십대 초반에 남편을 잃고 혼자 된 아주머니를 고모부는 오랜 친구·대하듯 돌봐왔고, 고모 역시 그이와 자매처럼 지내왔다. 잔등 아주머니가 고모 집에 와서 자고 가는 날도 많아졌다. 소설은 고모부와 고모, 잔등 아주머니가 안방에서 함께 잠을 자는 모습과 안방의 기척을 듣고 있는 '나'의 이야기로 끝난다.

　셋이 함께 누운 저녁, 먼저 잠이 든 사람은 고모부였다. 여자인 것이 분명한 작고 가는 목소리가 서너 번 오가더니 잠잠해졌다. 안방에서 들리던 소리가 끊기자 개구리 울음소리가 들려왔다. 개구리는 이전부터 요란스럽게 울었겠지만 나는 듣지 못하고 있었다. 그때부터 개구리 울음소리에 나는 귀를 기울였다. 개구리 울음소리에 묻혀 파도 소리는 들려오지 않았다.(32~33쪽)

　어떤 소리는 어떤 소리를 잠재운다. 그리고 어떤 소리가 잦아들면 다른 소리가 들려온다. 그러나 그 소리들은 언제나 함께 있는 것이다. 그해 '봄날'의 시간과 소년 정우의 시간, 고모부네와 잔등 아주머니의 시간이 그러한 것처럼. 그 시간의 삼각형 안에서 '나'와 '그'의 이야기는 '봄 바다'를 닮아가고 있다. 이 성숙하고 아름다운 언어의 물길을 박규숙 소설이 더 자주, 더 많이 보여주길 바란다.

튼튼하게 잘 걸려 있는 낚싯바늘을 위하여

최수철(소설가)

소설 속 인물들은 대부분 정적인 시선으로 세상을 응시하면서, 낮고 차분한 목소리로 이야기를 들려준다. 그러나 세상은 그들에게 모호하고 막연하게 다가온다. "머릿속에서만 무수한 말들이 오갔다. 마주 보는 서로의 눈빛에서 감정이 읽혔겠지만 그건 의심만 더해갈 뿐이었다. (……) 고조가 입을 다물었으니 은유도 다물었다. 말들은 오해만 더했다."(59쪽) "커피 맛은 자주 달랐고 평가는 크게 다르지 않은 말들로 마무리할 수밖에 없었다. 조금씩 구별되는 맛을 맛 그대로 표현하고 싶었지만 어떠한 낱말로도 적확하지 않았고 매번 비껴갔다."(56쪽) 이와 비슷한 내용의 구절들이 곳곳에서 발견된다. 삶은 이해하기 어려워서 표현하고 판단하는 일도 인물들의 능력을 벗어난다.("그가 어두운 눈빛으로 바라볼 때면 나는 아득해졌다. 무슨 생각을 품고 있는 걸까. 알 수 없는 갈망과 열기로 가득한 눈빛이었다." 172쪽)

하지만 그것은 세상을 혼란스러워하거나 있는 그대로의 현실을 회피하려 하는 것과는 다르다는 사실이 곧 밝혀진다. 이해하기 어렵다는 것은 그만한 이유가 있고 그러니 이해하는 데 노력이 필요한 것임을 작가는 말하고자 한다. 그리하여 우리에게 드러나 있거나 주어져 있는 현실 이면의 삶의 진실을 찾으려는 절실하지만 힘겹고 막막한 여정이 시작된다.

우선 인물들은 삶의 실체에 다가가기 위해 '회상'에 의존한다. 꼬리에 꼬리를 무는 회상이 이루어지고, 한때 연인 사이였다가 오랜 공백 후에 만난 두 남녀는 과거를 돌아보며 자기 기억이 옳다고 우기며 서로 옥신각신한다. 그러나 "누구도 바로잡아주지 못할 기억, 기억과 사실의 구분이 불가능한 것들은 여전히 많았고, 그 거리는 어떻게 해도 좁혀지지 않"(106쪽)는다. 자연히 기억 속의 상황들도 낯설어지고 그 속에서 자기 자리에 대한, 자기 몫에 대한 불안이 생겨난다.("어울리지 않는 장소에서 낯모르는 누군가에게 받아 든 사과. 내 것이라고도 할 수 없다 여겨졌다." 26~27쪽)

이제 인물들은 기억에 반발하고 기억을 넘어설 필요를 느낀다. 기억은 자기 스스로 살아 있는 어떤 유기체 같은 것이지, 결코 자기 속에 갇혀 있는 사물이 아님을(기억이 스스로 변화할 때 인간은 살아 있는 것이고, 기억이 고정될 때 인간도 더는 살아 있는 게 아니라는 것을) 깨닫는다. 그리하여 인물들은 우리가 일상 속에서 서로 주고받는 질문과 대답 사이에도 "가늠할 수 없"는 "거리와 심연"이 놓여 있다는 사실을 받아들이면서, 삶이라는 연극에 참여하기로 마음을 정한다.("이것이 연극이라면 끝날 때까지 기다려야 하는 걸까." 184쪽)

여기에서 인물들은 내적인 회상과 외적인 관찰을 통해 자발적인 '연상'으로 나아간다. 그렇게 기억에서 자유로워져서 현실과 새롭게 만나고, 소설은 이른바 자유연상을 통한 흥미로운 삽화들로 채워진다.

하지만 연상은 뿌리가 깊지 못하여 삽화들은 뿌리를 공유하지 못한 채 서로 부대끼면서 그것들 사이에 틈이 생겨난다. 이때 인물들에게서 상상력이 작동한다. 연상에서 한발 더 나아가 '상상'이 힘을 발휘하면서 부재하는 뿌리를 만들어내고 벌어진 틈을 메운다. 상상이 인물들을 해방하고 일상을 과감하게 새로운 면모로 재구성한다. 그러나 비록 연상과 상상이 진실을 찾기 위한 나름대로 의미 있는 시도이긴 하지만, 실로 사적이고 자의적이라는 점에서 곧 한계에 부딪힌다.("어제 풀어내지 못한 속엣것들을 겨우 토해낸 느낌이었지만 속은 더 부대꼈고 땅이 빙빙 도는 것처럼 어지러웠다. 뒤늦게 울분이 되살아났다." 213쪽)

이제 인물들은 허구와 실체 사이에 그 둘을 이어줄 든든한 다리가 필요함을 자각하고, 그 다리를 구성하는 힘을 '상징'에서 찾는다. 상상이라는 야생마에 재갈을 물리고 고삐를 매고 안장을 얹는 것이 상징이다. 상징은 연상과 상상에게 이정표 역할을 하며 분위기를 바꾸고 방향을 제시한다. 그러자 과연 일상 속에서 숨죽이고 있던 것들도, 이를테면 세상의 악취에 숨이 막히는 작은 "분재들", "상습결빙구간" 표지판 같은 것들도 새롭게 조명을 받아 자기들의 가치를 드러낸다. 그럼으로써 뭔가 삶의 실체로 통하는 문의 열쇠를 얻은 것 같은 희망을 부여한다.

그러나 상징은 힘이 세고, 그래서 자칫 억압적이다. 물론 작가는 상징의 가치를 잘 알고 있다. 상징이 인류의 집단 무의식과 관련되어 있다는 것도 모르지 않는다. 하지만 이른바 '원형적 상징'으로 세워진 세계가 과연 자신이 진정으로 원하는 세계일까, 상징 속으로 깊이 빠져들었다가 헤어나지 못하고 오히려 미로에 갇히는 게 아닐까, 내가 원하는 진정한 상징을 만나려면 오히려 이미 정립된 상징의 체계와 내 방식으로 거리를 두어야 하는 게 아닐까, 작가는 그렇게 회의한다. 작가는 개념이 아니라 감성으로 세상을 이해하는 데에 희망을 건다(상징은 그를 긴장하게 하는데, 그는 적절히 즐길 수 있는 한도 내에서만 긴장을 가까이하는 쪽을 택한다).

그리하여 작가는 상징과 한판 대결을 벌일까 망설이다가

슬그머니 비켜서며 딴전을 피운다. 작가는 다분히 즉흥적으로 '일탈'을 꾀하고 무모하게 '생략'도 시도한다. 그러한 과정에서 통일성과 일관성도 기꺼이 희생할 용의가 있다. 하지만 그로 인해 소설 속 세계는 불안정하게 흔들리면서 자칫하면 무너져 내릴 것처럼 보인다.("걸어도 걸어도 해답은 나오지 않았다." 124쪽)

하지만 그는 어떤 판단도 결론도 내리려 하지 않는다(흔들린다는 것은 꿈틀거린다는 것이다). 이제 그는 이야기를 마무리 짓는 자리에서 '여백'을 마련한다. 여백은 미완성으로 남을 수도 있지만, 새로운 이야기의 가능성으로 나아가는 길이기도 하다. 그 속에는 기억과 회상, 연상과 상상, 꿈과 상징, 생략과 일탈이 온전히 흔적을 남기고 있기 때문이다. 작가가 보기에 삶의 진실은 바로 그 흔적에 있다(여백은 수시로 작가가 하려는 말을 대신한다. "앞뒤가 맞지 않았으나 고모부와 아주머니의 대화는 매끄럽게 이어졌다. 누가 누구인지 지칭하지 않아도 소통하는 데 문제가 없었다. 듣고 있던 고모도 못 알아들을 건 없었다." 28쪽).

작가는 그 충만한 여백 속으로 인물들을 자유롭게 풀어놓고 또 독자들도 초대하여 모두가 함께 대화 나누기를 희망한다. 소설 속 어조가 줄곧 읽는 이들과 대화하는 듯한 인상을 주는 것도 그 때문일 것이다. 그로 인해 그의 문체에서는 글이 읽는 이의 맨살에 밀착되는 듯한, 소리 내어 읽으면 작가의 육성이 메아리로 돌아올 듯한 은근한 관능성 같은 것이 느껴진다. 작가는 조심스럽게, 조금은 수줍은 어조로 우리에게 말을 건넨다. 우선 자기는 "정이 헤픈" 사람이라고 고백한다. 그러고는 사랑이 힘들면 과도할 정도로 사랑하는 게 그 힘든 사랑에 대처하는 방법일 수 있지 않겠냐고 반문한다. 아마도 작가는 "정이 헤픈" 게 곧 글 쓰는 일이기도 하다고 믿는 듯하다.

　이제 작가 스스로 깨닫는다. 우리 삶이 모호하게 다가오는 것은 미래에 대한 전망을 구성하는 일이 그만큼 어려우면서도 중요하다는 것을 우리에게 일깨우기 위해서이다. 소설 속에서 인물들은 과거에 관대하고 과거를 용서한다. 그의 소설이 편안하게 읽히는 이유는 거기에 있다. 작가는 관계의 비극이 곧 관계의 희망이라고 기대한다. 또한 그는 알고 있다. 우리에게 전망은 늘 불확실하고, 그래서 전망은 쉽게 허물어지고, 그러나 그 허물어지는 전망을 다시 세우기 위해 온 힘을 다해야 한다는 자각만이 우리에게 허락된 전망이라는 것을.

　이번 소설집에 실린 여덟 편의 소설은, 마치 빛이 프리즘을 통과하여 스펙트럼을 만들어내듯이, 하나의 전체 속에 들어 있던 여럿이 각기 다른 파장에 따라 여덟 가지 색으로 펼쳐져 있다는 인상을 준다. 세상을 바라보고 감각하고 인지하고 표현하는 방식에서 드러나는 작가의 독특한 감수성이 소설 형

식이라는 프리즘을 통과하여 평소에는 보지 못하는 무지갯빛
을 우리에게 선사하는 것이다.

프랑스의 어느 작가가 말했듯이, 사람은 문체다. 그 말을
확장하자면, 사람은 각기 자기만의 문체를 가지고 있고, 그가
뜻을 펴지 못하면 그 문체도 속절없이 스러진다. 시간과 공간
의 안타까운 낭비가 아닐 수 없다. 사실 나는 이 소설집을 읽
으며 작가의 은근한 자신감도 확인했다. "낚싯바늘은 튼튼하
게 잘 걸려 있었다."(220쪽) 태어나면서 우리는 덫에 걸리고,
그러나 세상이, 세상을 사는 일이, 삶이 곧 덫이고, 덫이기
에 곧 의미고, 덫이 있기에 글쓰기도 의미를 얻는다고, 그러
니 자기는 언제까지고 미늘 달린 낚싯바늘처럼 우리 삶의 매
순간에 튼튼하게 잘 걸려 있겠다고 작가는 말하고 싶어 한다.
또 작가는 이렇게 말한다. "가로등은 등 아래 작은 조각 어둠
만 걷어낼 뿐, 깊어진 어둠 속에서 바늘구멍만큼의 존재감도
없었다."(31쪽) 그러나 여기에 강인한 역설이 있다. 어둠을
수긍하고 그 속에서 자기 자리를 찾는 것은 곧 어둠의 주인이
되는 것이고(칼 융은 이렇게 말한다 : "나는 우주 속에 없다.
내가 우주의 중심이다"), 그리하여 우리가 진정으로 우주의
중심이라는 자각이 일어날 때, 삶의 모호함은 무한한 포용력
을 지닌 우주의 신비로 다가온다고.

많은 시간이 내 앞을 스쳐 갔다.

손에 남아 있는 건 아무것도 없다.

빈손이라서 아쉬울 것도 허전한 것도 없다.

오래전에도 빈손이었다는 기억이 남아 있다.

앞으로도 빈손일 거라는 걸 안다.

애쓴 흔적이 보이는 작은 손이 예쁘다.

하루하루 조금씩 바뀌는 것들을 바라보며

만나고 헤어지는 시간을 갖게 될 것이다.

그거면 됐다.

발문을 쓰기 위해 책에 실린 소설 여덟 편을 읽고 내가 미처 보아내지 못했던 오자까지 여럿 잡아내신 최수철 선생님

무한히 감사드립니다. 원고를 묶을 수 있게 도움을 주신 강출판사 편집진에게도 깊은 감사의 마음을 전합니다.

이천이십삼년 십일월에

수록 작품 발표 지면

봄 바다 _『문학나무』 2023년 봄호
은유와 고조 _『경인일보』 2021년 신춘문예 당선작
피팅 _『문장웹진』 2021년 8월호
어쩔 수 없었어 _미발표작
불온한 유월 _『내일을 여는 작가』 2023년 가을호
상습결빙구간 _『실천문학』 2022년 겨울호
카페 헤밍웨이 _『작가포럼』 2023년 여름호
낚싯바늘이 걸렸어요 _미발표작